하얀 텃세

하얀 텃세

2006년 3월 20일 1판 1쇄 인쇄 / 2006년 3월 25일 1판 1쇄 발행

지은이 이성열 / 펴낸이 임은주
펴낸곳 도서출판 청동거울 / 출판등록 1998년 5월 14일 제13-532호
주소 (137-070) 서울 서초구 서초동 1359-4 동영빌딩 내 / 전화 584-9886~7
팩스 584-9882 / 전자우편 cheong21@freechal.com

값 6,500원

잘못된 책은 바꾸어 드립니다.
지은이와의 협의에 의해 인지를 붙이지 않습니다.
무단 전재 및 무단 복제를 금합니다.

ISBN 89-5749-074-4

하얀 텃세

이성열 시집

청동거울

차례

제1부 **내 이름 석자**

제2부 **허리띠**(The Belt)
— 영시와 함께

제3부 **청계리, 바래지 않는 기억들**

1

내 이름 석자

나무는 아직도 그렇게 서 있었네

샌 피드로 바닷가
벼랑 끝에 소나무 한 그루
대지 쪽으로 몸을 향한 채
아직도 그렇게 서 있었네.

바다에서 불어오는 모진 바람으로
나무는 날마다 어디론가
떠나가기를 열망했네.

옆에선 팜트리들이
원주민처럼 발가벗고 춤을 추는
태풍이 몹시 불던 날은
그 가지와 잎새들이 마구 꺾였네.

하지만 그렇게 한 번
뿌리 내린 나무는
바람이 불면 짐승처럼 울며
언제라도 떠날 채비가 된 것처럼

아직도 그렇게 기울이고
거기에 서 있었네.

외국어

일곱 살짜리 손자에게 쉽게 참패를
인정해야 하는 건 무엇보다 이 분야이다
보라, 외국인에게 전화를 받을 때나 누가
찾아왔을 때는 손자를 앞세운다는 사실

삶이 노련해질수록 서툰 건 외국 말
사람 능력의 한계를 입증케 한다
키우며 가르치던 손자가 어느 날 말문이 트여
혀가 어눌한 할아비를 가르치려 든다

티브이를 보지만 늘상 그들이
허리를 제키고 웃는 그 명확한 뜻은 모른다
한평생 쌓은 실력 다 동원해서
대화의 뜻을 잡다가도 한마디 낱말을 놓치고 나면
맥이 딱 끊기고
쌓던 바벨탑이 무너지고 마는 불가해(不可解)

헌데 흘려만 듣고 사는 것도 버릇이 되면
불편하거나 답답하지도 않다

말이란 어차피 습관으로 맺어진 약속
지혜나 실력으로 남의 약속을 헤아릴 수는 없다

말은 하지 못해도 과묵한 체하면 그만
공연히 아는 체하다가 능력이 들통나면
자존심만 상하고 일그러저 끊어지고 마는 웹사이트
하긴 수학, 과학, 컴퓨터조차도 언어를 터득한 후
대화방법만 익숙하면 그 전문가가 된다

말 못 해도 편리할 때도 있다
세일즈맨이 귀찮게 굴 때
하찮은 일로 경찰이 심문하려 들 때
시침을 떼고, "영어를 모릅니다!"
"No English!"

뭐, 김치, 그런 건 없나?

나는 김치를 먹지 않아도 된다.
외국에서 몇십 년을 살았으니까
십 년이면 강산도 변한다는데
그까짓 입맛 정도야 못 다스리겠나.

언젠가 시를 쓰는 서양 사람들
그 모임에 참석했다가
그들처럼 빵을 먹고, 쓰고, 읽고, 흉내를 내다가
그런 일이 반복되면 될수록

모든 일들이 그러하듯 익숙해지기도 하련만
시간이 가면 갈수록 점점 더 맛이 없고
안 써지고, 안 들리고, 용해되지 않는
모래처럼 각질로 남아 있는 그 무언가를

몸으로 싸안고 돌아왔다. 집에서 식사로
간단하게 토스트에 잼을 발라 먹으며
어떤 아쉬움과 함께, 옛날 친구가 하던 말이
생각났다. 그는 삼립 빵으로 점심을 때우며,

"빵을 먹어도 요기는 돼, 김치와 함께라면……"
그래, 뭐 그런 건 없나? 이곳에서
말하고, 듣고, 읽고, 쓰고 할 때도
아쉬운 대로 곁들일 수 있는, 뭐, 김치 같은 건 없
나?

내 이름 석자

내 이름은 아버지가 지었다. 태어날 즈음
미국인들이 성조기를 앞세워 들어왔으므로
그 국기에 있는 별들을 염두에 두고
별 '성'자를 가족 돌림자 '열'자에 보태어.

'별 星'에 '매울 烈'을 보태면 무슨 의미가
되는지는 아리송하지만, 어느 작명가들도
내 이름이 나쁘다는 소린 하질 않았다. 그러나
무엇 때문인지, 혹 '열'자가 안 좋은지
나는 자라면서 양부모를 모두 잃고
건강마저 안 좋아 매우 고생하며 살았다.

우연하게 혹 '성'자의 성신 덕분인지,
미국에 오게 된 후 내 이름은 자연히 성씨 '이'가
거꾸로 곤두박질하더니, 끝 이름 '열'자는
오간 데 없이 빠져 버리고 '성이'로 둔갑했다.

그래 지금 생각건대, 그 '열'자가 빠진 후부턴
내 삶이 예전처럼 그렇게 고달프지는 않았다.

줄곧 직업을 가졌으므로 생활 걱정이 없었고,
또 건강도 예전같이 약해서 죽을 것처럼
병원을 드나들지 않아도 되었다. 나를 아끼고
사랑해 주는 사람들도 만나게 되었다.

그러나 많은 내 친구나 친척들은 아직도
내 미국 이름 '성이'를 모른다.
그래도 난 걱정할 필요가 없는 것이,
어쨌거나 그들은 자신들 살기에 바빠
내 이름 같은 건
바뀌었거나 말거나
이미 까맣게 잊은 지가 오래니까…….

내 집 한 칸

서울에 살 때는
내 집 한 칸을 마련치 못해
판잣집이라도 내 집에 살아 보는 것이
꿈에도 소원이었다.
새만도 못한 내 삶이 한이 되어
그곳을 떠날 때조차
비행기에 올라앉아 서울을 내다보며
"저 많은 집 중에 내 집 하나 없다니
나는 이 조국을 떠난다"
넋두리 비슷한 푸념을 흘리며

눈시울을 적셨다. 하지만
그땐 살기가 어려워 집 한 칸은 없었어도
건강한 이 두 다리로 무슨 짓을 해서든
부자들만 산다는 명동, 필동, 삼청동
골목마다 친구와 애인과 어울려
안 다녀 본 곳이란 없었다.

그것도 복이라면 축복이 아니겠나?

봄날에 허기진 배를 쥐고 산자락을 쏘다니며
새둥지를 찾아 못살게 굴고는 하던 짓들
이제 무엇이든 축복이 아닌 게 없으니
이게 바로 가을날 비옥한 들판에 서서
느껴 보는 배부른 심사가 아니고 무언가?

하얀 텃세

"값 깎으려면 당신 나라로 가서나 깎아!"
파머스 마켓에서 과일을 집고 우수리 좀 깎으려니
배불떼기 중년의 백인 남자가 무뚝뚝하게 내뱉는다.
"당신도 그럼 당신 나라로 돌아가!"
"여기가 내 나라야! 나는 여기서 태어났어!"
"나도 여기가 내 나라야! 나도…… 세―, 세금을
내니까…….
가만, 아마도 당신은 여기서 태어났을지 모르지.
하지만 당신 아버지, 또는 할아버지는
나처럼 어디선가 이리로 왔을 것 아니야?"

그들은 나를 이민자라 부른다.
내가 여기서 태어나지 않았다고
자기들과 피부 색깔이 다르다고
나에게 아예 낙인을 찍으려고 한다. 허나
우리 모두는 어느 특정한 곳에 사는 상당한 이유가
있다.
누구도 어떤 사정 없이는 정든 고향집 떠나길 원치
않는다.

물고기, 새들은 철따라 옮겨가며 살고
어떤 동물들은 텃새처럼 텃세를 좀 한다지만
사람들은 어떤가? 너무 심하다 못해 서로 증오하고
전쟁까지도 마다하지 아니한다.
차별은 지능과 관계가 있는 걸까? 아니면
사람이 물고기, 새보다도 너그럽지 못한 걸까?
지구인이면 누구나 브론테 자매*를 읽고 공감하는데
원주민과 이주민이 뭐가 그렇게 크게 다른가?

우리들 세상—, 우주는 어딜 가나 흙과 바위 또는
공기와 물
  똑같은 성분들로 이루어졌다. 그러니 미물, 짐승이
라도
  너무 괄시 말라. 어디에 살건 우리는 다 같은 우주
의 산물.

* 샤롯테, 에밀리 브론테 : 작품으로 『제인에어』, 『폭풍의 언덕』
  이 있음.

아리랑

어느 날 하얀 얼굴의 친구가
밀가루 반죽처럼 마구 구겨진
개 사진 하나를 들고 와서
그게 우리 나라에서 온 종자인지를 물었다.

"아니지, 아마도 중국에서 온 종자일걸,
하지만 나는 중국 사람이 아닌걸."
며칠 후, 그는 나에게 다시 묻기를,
"당신 나라 사람들은 스시를 먹느냐?" 했다.
"오, 어떤 이는 먹기도 하지, 하지만 나를
이웃나라인 일본인과 혼동하지 말아!"

얼마 후, 다시 그는 눈을 반짝이며,
"당신 혹시 이런 노래 알아?" 하더니
아주 서툴게, 아— 아리랑—, 아리랑—, 아—아라
리요—
하고 흥얼대기 시작했다.

"바로 그거야!" 내가 외쳤다. "아리랑—,

당신이 어떻게 그 노래를 알지?"
"아버지가 가르쳐 줬어, 그는 그 나라를 돕기 위해
거기에 갔다 온 적이 있거든. 그는 거기서 싸웠고,
그러다가 부상도 당했단 말이야."
"안됐군……, 하지만, 당신 아버지는 아무도 진정
도와준 게 아니야. 일테면, 공연히 간섭만 하다
사람들만 더 희생되었지. 끝내 끝내지도 못한 싸
움―.
그래서 우리 젊은이들은 아직도 싸워야 하는 거야"
나는 무의식 중 이렇게 말했다.
내 말을 듣고 그는 침묵했고,
나도 더 이상 할 말이 없었다.

그 이래로 어쩐지 우리 둘 사이는
서로 대화 나누고 우정 쌓기가 어정쩡해졌다.

미국에서 그리는 자화상

보난자의 작고 초라한 중국인 요리사
서부영화의 엑스트라 멕시코 사람들
어제는 찬웃음 흘리며 남의 일로 여겼더니
지금 내가 그 꼴하고 이 땅에 서 있음 보네

오늘에 이어지는 내일을 모르는
어줍고도 서글픈 삶 속에서
무슨 노래지어 내가 변명할 거야

눈을 들어 보면 내일의 시각엔
내 소나무도 초록빛을 발할 것이다
이런 말은 물론 언제쯤 그 소용이 닿을까 몰라

오늘도 서부영화는 보지만
카우보이 쏴대는 총은
어느덧 뼈저린 아픔의 총탄되어
내 심사에 와서 마구 박히네

아메리카 서정

해풍이 불어오는 샌 피드로* 언덕에서
주말 한때를 보낸다

팜트리 그늘에 누워
넓은 하늘 보노라면

나는 둥지 잃은 작은 새되어
먼 곳을 한없이 날은다

내가 등대고 오수를 즐기는
이 땅은 누구의 터전일까?

살아도 언제나 서먹한 세월
살수록 여전히 낯선 풍경인데

부챗살 같은 종려나무 잎 사이로 신(神)은
언제나처럼 하오의 축복을 가득히 나른다

* 로스앤젤레스 근교 바닷가. 한미 우정의 종각이 있다.

향수에 못이겨

멀리 보이는 해변으로
포말이 하얗게 부서지는 언덕
태양빛이 가물가물한 능선
그 너머엔 빨아 널은 홑이불처럼
걸려 있는 흰 구름아

이런 모든 것들이 다
내 젊은날과 무슨 연관 있기에
나로 하여금 가슴을 앓게 하나
그런 때늦은 향수에 못이겨
물가로 내려가 거니노니

그곳 터전삼아 살아가는 새들
또 더 작은 무수한 생명들
무한의 공간과 축복의 시간만은
나에게도 아직 기회를 부여하며
따뜻한 품으로 맞이하노니

* 전중재 작곡 가사

가슴속에 남은 친절

미명의 새벽 산책길에
버려진 서가 하나를 본다
누군가 이런 쓸 만한 물건을 보면
그냥 지나치지를 못한다
하지만 혼자 들기엔 너무 무겁다
긴히 필요치도 않은데 그만둘까
그러나 안에서 자꾸 주장한다
이런 건 더 쓰고 버려야 한다
아니면 낭비에다, 자원 고갈에다
땅을 쓰레기로 덮히게 하고 만다
급기야 차를 몰고 와서 혼자
끙끙대며 그것에 매달린다
그때 그런 생각에 동조라도 하듯
지나가던 여성 하나가 다가와
자신이 돕겠다고 자청한다 오, 플리스!
평범한 흑인 처자지만
가슴이 돌연 설레기 시작한다
그런 일이 있은 후 며칠이 지났건만
그녀의 깊은 사려와 친절함은

아직도 가슴속에 선연하게 남아 있다

작은 천사들의 합창

헐리우드 산에 올라
바위에 앉아 신을 털며 한숨 돌릴 때
어디선가부터 물소리 흐르듯
후르륵 붕, 후르륵 붕

돌아 보니 있을 거라곤 후추나무
노란 꽃 만발한 늙은 후추나무

소리는 그곳으로부터 왔다
자리를 털고 일어나 나는
자세히 나무를 보았다

초여름 햇살을 받아 잎들은 잔잔하고
노란 꽃들은 애잔한 미소처럼 피었는데

쉬지 않고 부지런히 일하는
수천 수만 만 마리의 일벌들
그 조그만 날개 소리들이

작은 천사들의 합창처럼 들려와
나는 그만 그 소리 진풍경에 압도되어
돌같이 꼼짝 못 하고 서 있을 따름이었다

入口에서
— 데스밸리* 1

이 괴괴함이라니, 으스름 달밤에 묘지 같네
아, 소유권 주장이 필요 없는 이 넉넉한 불모
언젠가는 우리도 이렇게 당도할 게 아니겠나?
이게 만일 저승이라면
아름다운 씨에라 산맥의 풍광을 뒤로 하고
이 구릉으로 향하는 발걸음같이

헐벗음과 가득한 고요
내키지 않는 마음으로 마지막 고개 넘을 때는
만년설을 뒤집어쓴 Mt.휘트니를
자꾸 돌아 보다 미진해서 사진 한 장 박았다
칼라필름이 소용 없는 지대

문명의 자취 아스팔트 길 위조차도
구렁이 잔등이에 흐르는 광채처럼 고요만이
질주할 뿐, 서둘러 가도가도 느껴지는 태만
달보고 자꾸 짖고만 싶어지는 코요테들의 권태
드넓은 하늘에 가득한 그 감당 못할 허무

죽음 골짜기
― 데스밸리* 2

사막은 사막이다
살아서 살살 흐르는 물이 없어
죽음 골짜기
우주의 성분 중에 하나만 없어도
죽음 골짜기
허나 순종하는 것들에겐
차라리 포근한 품속이다
그 품에 들자마자 잠들게 하는
아늑한 숨결이다
심은 만큼 거두게 하는
우리가 몸 담은 이 땅의 본성
하여 준비된 자에게는
결코 죽음이 없는 그래서
죽음 골짜기가 아닐 수도 있다
그 안에선 속임수 없이
속속들이 벗게 하는 힘이 있다
풀 한 포기 없는 진흙의 언덕들
산도 허허로이 헐벗었고
강과 폭포, 또한 바다조차도

그 깊이의 알몸을 드러내고 누웠다
은밀과 부정을 허락치 않는
소금을 견디는 자들만이
살아 남을 수 있었다

모래결과 바람
— 데스밸리* 3

모래톱의 고운 선이, 그 선의 결이
여인 살결을 닮았다 해서
어떤 수놈 하나가 홀랑 벗은 알몸으로
그곳에 숨어들었다
그는 풍만한 육체의
은밀하고 깊숙한 골에 몸을 눕히고
따뜻한 체온과 그 안락함에
깊은 잠으로 떨어져 버렸다

한밤이 되어서야 돌연
여인의 주인이 나타났다
그는 바람을 내어 자신의 여자를 씻기고
더럽혀진 생채기와 오물들을 덮고
잠든 그 수컷의 생명마저도
사정없이 묻어 버리고
신선한 선과, 결과, 무늬로
문신을 새겨놓은 다음
물러가는 밤을 따라 어디론가 사라져 버렸다

하와이, 하나우나 베이

선택된 자들만 들어갈 수 있다는
천혜의 언덕 하와이, 하나우나 베이
이미 가 본 사람은 그곳을 천국에
하나쯤 못 미치는 999국이라 불러
우리의 흥미를 잔뜩 북돋우고 있었다.

양면은 에메랄드
하늘로 가는 길처럼 치솟아
낡고 가파른 언덕길을 위태롭게 오르니
어딜 보나 녹주옥, 그 위에 섬들이 떠서 졸고
꼭대기엔 마른 잡초들과 이름 모를
선인장들이 평화롭지만 바람만 풍성해
열악한 환경에서 그 꽃들을 피우고
낚시를 담그기만 하면 몸통만한 물고기가
올라온다는 말에 못내 아쉬워 서성이다
광활한 하늘과 바다 위로 불어오는
세계 도처를 누비고 다녔을 바람소리에
행여 질세라 큰소리 내어 웃음 흘린다.
다른 이들이 스노클을 차고 비취처럼 빛나는

바다 속을 들여다보는 동안 우리는 머리를
길게 뽑아 하늘과 바람 속을 떠 다녔다.

그런 짓도 다 하고 나면 돌아가야 하리.
활주로를 사뿐히 내려앉는 보라매처럼
내리막길을 밟고 자동차가 내리 꽂힐 때
기꺼운 마음에서 터져 나오는 모두의
웃음소리는 행복 만장일치를 승인하고 있었다.

록키산맥
—그 모래성

계곡엔 신비의 진액이 흐르고 있었다
신의 능력으로나 만들 수 있는
거대한 물량으로 흐르는 액체 에메랄드
그 물을 마시며 소나무 야생동물
그리고 이름 없는 생명들이 신전을 보이듯
조화를 이루며 어우러져 있었다

옛날엔 바다 아래 모래펄이었다.
지금은 구름에 목을 적시는 록키산맥
그래서 산들의 모습은 바다를
그리워하는 고개를 높게 높게
뽑아 올린 모래성들이었다

록키는 무엇을 말해 주려 하나?
언제나 높음은 물처럼 맨 바닥이 되고
밑바닥도 구름처럼 높이 오를 수 있다
우주의 이치를 가르치려 신은
그렇게도 거대한 모래성들을 쌓았나?
그리도 요란스레 폭포들로 하여금

밤낮없이 아우성을 치게 하였나?

그랜드 캐년

그란데, 그란데, 캐년, 캐년
욕이거나 모독하는 말은 아니겠지
비록 대륙의 음부, 그 수치를
드러내고 있을지라도
모든 암컷이 그렇듯이 이 큰 캐년은
자신의 몸을 파주고 대륙을 살찌웠다
그 몸을 관통한 젖줄기가
억겁의 오랜 세월을 흐르는 동안
땅은 젖을 받아 그 몸을 살찌우고
그 위에 기생충과도 같은
생명들을 키워냈다
그래서 그 고마움을 아는 생명들은
어린 사슴의 순한 눈으로
제물까지 바쳐가며 경외심을 키워 왔다
그런데 지금은 어떤가?
그 젖줄을 막아 제방을 쌓고
그곳에 배를 띄우고 뛰어들어 놀며
여신을 모독하고 있지 않나?
엄마 같은 여신을 능멸하고 있지 않나?

부라이스 캐년*

그래, 믿어 두자 땅덩이가 워낙
넓다 보니 그럴 수도 있겠지
그 옛날 물이었고, 날마다 물이
고운 황토를 날라다 그 앙금을 쌓았다가
다시 씻어내려 그런 불가사의의
탑들이 남게 되었다는
믿어지지 않는 말들

하긴 우리네 삶도 그럴 수가 있으니까
미운 마음이 앙금처럼 쌓였다가도
세월이 지나 어떤 건 흘러가 버려
잊혀지고 어떤 것은
흙 탑처럼 남을 수도 있을 테니까

그래, 그런데, 그렇다면
왜 이 넓은 지구 땅덩이에
이곳을 제외한 다른 곳은
이 같은 풍경이 없는 걸까?

* 미국 유타주에 위치한 국립공원. 황토의 침식으로 파생된 기기
  절묘한 장관을 보여 신의 아뜨리에란 별명을 가졌다.

뉴포트 비치 *
— 피어*에서

선착장에 나가서 푸른 하늘 바다
한가운데서 낚시 하나 던져놓고 나면
하얀 칼날처럼 반짝이는 모양으로
끌려 오르는 물고기의 모습도 예쁘다
바다표범들도 물 속에서 날렵한
몸을 날려 먹이 사냥에 여념이 없고
해변 백사장에는 그 자태가 눈부신
젊은 남녀들 인어처럼 늘씬한 몸으로
일광욕 수영을 즐기고 있다
막 자라나는 아이들 손을 잡고
어미 아비는 잘 운영되고 있는
피어 간이 식당 주문대에서
음식이 나올 순서를 기다리고 있다
식당 스피커에서는 진종일
반세기가 지난 노래와 섹소폰
연주가 흘러 나와도 불평하는 사람은
아무도 없다 가는 곳마다
보이는 곳마다 어느 것 하나
자유롭고 아름답지 않은 것은 없고

모든 살아 있는 것들은 제 맡은 몫을
부족함 없이 해내고 있다 세계는 이렇게
아주 정상적으로 시간을 돌리고 있다
이런 축복의 세상에 그 누가 번뜩이는
총칼을 들이밀고 신성하게
넘치는 평화의 잔을 뒤엎고
푸른 하늘을 검게 물들이려 하는가?

* 뉴포트 비치 : 미국 남가주에 있는 해변가
* 피어 : 바닷가에 설치된 교각, 선착장

부겐빌레아*

한창일 때 그 정열
요염하기 불꽃 같던
부겐빌레아 꽃들이
꼭지에 힘을 잃고
다투어 나도 질세라
하나 둘씩 떨어진다

부겐빌레아는 애당초
꽃이 아닌 사람 이름
그런 건 아무려나
관심도 없다는 듯
절정에 다투어 필 땐
세상 모두 덮을 듯

색종이처럼 떨어진
붉은 꽃잎들이
마당에서
이 구석 저 구석
몰려다닌다

영혼도 구천에 떨어지면
저와 같이 떠돌까

* 남국지방에 흔하게 피는 덩굴 꽃, 빨강, 주황, 노랑, 흰색 등이
있다

파피(Poppy)*

아따! 꽃이 나비네
헌데 누가 사막에 꿀을 부었나?
황금색 나비떼가 긴 빨대를 물고
일제히 대지에 붙어 있다
게다가 나비는 바람이 불어야
비로소 제 몸매, 자태가 나는가
솔솔솔 서쪽에서 불어오는 바람 타고
이내 한 판 춤판이 벌어지누나
부산한 삶 중에
이 놀이판에 스스럼없이 초대되어
다시 한 번 오지만, 황금색 춤꾼들
수없이 몰려드는 나그네들
아랑곳하지 않고 도취하듯
춤사위에만 몰두하고 있다

시간이 몇 굽이 흘러 이 초청객들
몇 번 더 춤판에 오게 되면 그 생명은
노을 속에 지는 해처럼
스러지고 마는 건가

* 켈리포니아 사막에 피는 야생 양귀비. 켈리포니아州花

양란의 유혹

더 이상 비밀이 아니다
장미, 국화, 수선화가 정숙한 자태로
미모를 뽐낸다면
대담하게 생식기조차 드러내가며
상대를 유혹하는 꽃이 양란(Orchid)이라는 건

바위틈이거나 사막의 은밀한 곳
또는 폭포가 쏟아져 내리는
밀림에서

그것들은 은밀한 성기(性器)를 내놓고
이성을 유혹
성애를 즐긴나

그 유혹을
뿌리치지 못하는 건
벌레들이나 벌새만이 아니다

급기야는 인간들까지도

그 노골적인 매력에 사로잡혀
수백 종, 또는 갓 새로 찾아낸
그들을 둘러싸고
노예되기를 자초한다

그녀는 왜 울고 있는 걸까

중년의 여자 거지가 식당 앞에 앉아서
사람들이 던져 준 음식을 수북히 쌓아놓고
더러운 얼굴에 번들번들 눈물까지 흘리고 있다

그녀는 왜 울고 있는 걸까?
먹을 것도 그득한데 삶이 고달파서일까?
가족과 사랑이 그리워서일까?
한땐 뭇 사내들을 울렸을 준수한 외모

그녀 눈물을 보니 나도 덩달아 서글퍼진다
배도 부르고 좋은 차, 좋은 옷을 입고 다녀도
슬프긴 마찬가지다 그녀를 동정해서가 아니다

우리는 그녀나 다 똑같이 모두
세상에서 나날이 녹슬어 버리는
못쓰게 망가져 버리는 쇠붙이 같은 것
그래서 우리는 차라리 바위 같은
비정의 무생물이기를 바라는 건 아닐까?

치과에선 오페라가……

나는 1년에 두 번 치과에 간다
한국말이 서툰 의사의 말처럼
‘6달’ 동안 쓴 치아들을
점검하거나 또는 위생관리를 위해서도

내 치아는 어릴 때 잘못 간수해
많이 망쳐 버리고 말았다 어리석던 시절
취침 후 아래 윗니를 마주 쳐주면
매번 이를 닦을 필요가 없다고
아는 체하는 친구가 잘못 일러준 탓에

치과에선 언제나 오페라가
은은하게 저음으로 깔려 나오고 있다

나는 하마처럼 입을 벌리고
의사는 내 입안을 악어새처럼
쪼아대고, 갈아대고, 긁어댄다
내 등짝은 감전된 철판처럼
오싹 오싹 달아올라도 어떤 묵계에 의해

소리 지르거나 불평하지 못한다

저 이름 모를 소프라노, 테너 가수가
나를 대신하여 소리지르고 현악기들은
내 신경 줄처럼 긁는 소리를 내고 있다

나는 입을 벌리고 눈물을 짜며 체세포복제에
우주도 여행하는 영리한 인간들이 왜 영양제
먹듯 간편한 이(齒) 간수 법을 모르는 것인지—
은퇴 후 보험이 없어진 후엔 어째야 하는지—
죽을 사람이 보약 먹듯 종국엔 하나 둘 빠져 버릴
이빨들을 위해 왜 이 고생을 해야 하는 건지—

1년에 두 번은 이런 사색을 위하여
입을 벌리고 누워서 오페라가 치과에선
가장 합당한 음악이란 깨달음만을 터득해낸다

그가 바로 시인이란 걸 알았다

내가 주차장에 도착했을 때
그는 수도 없이 동전을
주차계기에 집어넣고 있었다.
차에서 내려 나는 그에게 말했다.
"게시판 내용이 6시 이후엔 돈을
넣지 않아도 된다던데……"
"당신 말이 맞을 거요…… 나는 게시판을
읽어 보지 않았으니까……"

시 낭송이 진행될 때
나는 그가 바로 시인이란 걸 알았다.
시에 비해 그의 낭송 솜씨는
투박하고 어눌했다. 목소리는 떨렸고
원고를 들고 있는 손은
떨리다 못해 몹시 흔들렸다.
누가 보아도 그 서투름은
전문가답지 않았다.

얼마 후 시 낭송이 끝나고

모두가 돌아갔을 때,
나는 그도 사람들과 함께
돌아가는 것을 보았다.
앞에 나서는 것에 너무
긴장해서 그의 소지품조차도

모두 마루에 남겨 놓은 채로…….

사랑의 증거

옛 사랑을 증명하기엔
어떠한 증서도 없었네
헤어진 후에 너무
오랜 세월이 흘렀기에
눈가의 잔주름이
그동안의 연륜을 말해 주고
서로는 추억으로 가득한
지나간 이야길 나누며
간직한 사진첩을 꺼내었네
대리석처럼 단단하던 젊음
아지랑이로 흔들리던 방황
사진을 뒤적이다 나는
그대가 입고 있는 셔츠가
내가 입던 것이란 걸
알아보게 되었네 내가 입다
던져 버린 낡은 옷이란 걸
아직도 그대는 간직하였네
낡은 옷, 목걸이 내가 건네 준
하찮은 추억의 쪼가리들을

사랑이란 결국 무엇인가?
나는 스스로 반문했네
이처럼 하찮은 작은 추억들을
고이 간직할 줄 아는
갸륵한 마음씨가 아니던가?

＊ 김광은 작곡 가사

빈 술병의 절규

신 새벽 출근길에 빈 술병 하나가
주정꾼처럼 길가에 벌렁 자빠져 있다
표면엔 주체 못 할 식은땀을 흘리며
풀어헤친 몸은 몸대로, 모자는 모자대로

의식으로부터 주정꾼이 버림을 당하듯
술병은 채운 액을 비워내 줌으로
더는 쓰일 곳 없이 버림을 당하고 있다

술꾼은 의식이 다시 돌아올 때
떠나온 집으로 돌아가지만
네온 불 아래서의 화려했던 자신을
다 내어준 술병은 갈 곳도 없이
벼락 같은 종말이 기다린다

혹시 폐품 수집에 걸려 재생의 꿈
꾸어 보지만 구원의 기회란
그런 행복한 우연이란 흔치 않다
차라리 부주의한 차의 바퀴에 밟혀

박살이 나고 끝장이 난다면……

아! 죄가 있다면 육신을 다 비우고
내어준 죄뿐―
고로 어서 이 길도 깨끗이 비워 주고 싶다
오라! 순간이여!

아름다운 상상

어린아이나 늙은이는 이제 더
숭고한 사랑을 꿈꾸지 않는다
하여 뜬금 없이 이성이 그리웁다는 건
출출할 때 한 그릇의 따끈한
음식이 그리운 것과도 같다

하지만 허기를 채우고 나면
막연히 그 음식에서
수증기같이 우러나오는 방향을
음미하며 아름다운 상상을 한다

우리의 숭고한 사랑도
허기처럼 한 곳으로부터 비롯한다
배고플 때 한 그릇의 음식이 그리운 것처럼
사랑도 육(肉)적인 것에 바탕을 두지만
그 우러나오는 방향을 정신으로 미화하여
숭고한 사랑이라 말할 따름이다

테네시 월츠

추억을 일깨우는 테네시 월츠—
중년도 훨씬 지난 왕년의
인기가수가 무대에서
옛 정열을 노래하고 있다

얼굴을 몽땅 덮어 버린
화장한 분가루, 과장된 제스쳐
젊음만큼 화려한 의상

자신을 따라다니는
어스름 몰아내려고
현란한 몸짓으로 노래하고 있다

그녀의 그 커다란 몸부림
화려한 의상, 과장된 제스쳐가
더더욱 황량한 그림자를
무겁게 만들고 있다

또 하나의 갈증

이제 아무도 뒤웅박 하나로 갈증을
풀어 주던 샘물 가를 그리워하지는 않는다

물 한 잔을 마시고도 우리는 플라스틱
빈 병 하나를 쓰레기로 남긴다

미친 여자가 침을 뱉듯 한 장을 찍기 위하여
수 장의 백지를 뱉어 버리는 컴퓨터 인쇄기

쓸데없는 가십 하나 때문에 몇 마장을
돌아가는 윤전기—, 쌓이는 종이, 쓰러지는 나무

사용치 않고 버려지는 음식, 버려 쌓이는 쓰레기
채우기 위해 상점으로 달리는 탱크 같은 승용차

여기 저기 감염되는 땅의 종양, 쓰레기 하치장
더러운 건 생명의 배설물이 아니다. 모두는

아쉬움을 모르는 불감증 환자, 흔하고 넘쳐 보물도

배고픔도 모르는, 그래서 채울 수 없는 갈증

지진

예나 지금이나 흔들림은 있었다
단지 비극을 기억하지 못할 뿐
물이 아래로 흘러가듯,
한 번 망각의 늪으로 흘러간 기억은
다시 돌아오지 않는다

이제 대지가 낡아 버렸다고 말하지 말라
땅은 추스른 다음 더 세게 굳어지리니

신이 노했다고도 말하지 말라
그는 공평하신 분이니
빛을 곳에 따라 선택해 보내지 않듯
지역에 따라 땅을 흔들어대지도 않는다

누구를 원망하지도 말라
스스로 허물어질 벽을 만들고
파멸을 자초하였다는 걸 알고 있다면—

한때나마 두려움을 버리라 강은 또

다시 흘러가리니 상처는 메워지고
새 살이 돋아나며 生命의 강은
다시 기쁨으로 가득하리니

잠

잠은 신뢰 속에 핀 꽃이다
소란스런 대낮이 가고
번잡스러움이 수그러들면서
긴 밤이 온다
밤이 지나는 동안 이 세상엔
무슨 일이 일어날지도 모른다
그 밤을 우리는
편안한 휴식기라 믿고
버거운 몸을 부려
꽃이 다물 듯 잠을 잔다
그리고 아침을 맞으면
우리의 신뢰처럼 세상은
역시 아무 일도 없었다

골 하나의 도전

젊음과 정열이 있기에
온몸으로 혼신을 다 하여
태양을 걷어차듯
회오리 광풍을 일으키듯
그물을 뒤흔든다
골 하나의 도전엔
그를 방해하는
또 하나의 파도 같은
저항이 있으므로
어렵다고 비겁하게
손으로 그러쥐어선 안 돼
냉정하게 발과 머리로
걷어차기만 해
저 심판은 우리를 방종으로
흐르지 않게 매질한다
생각할 기회란 짧아
동물처럼 그 야성으로
전신의 움직임을
조금도 멈추어선 안 돼

정지는 의미가 없고
우리의 정열을 식게 해
축구는 우리를 미치게 한다

* 2002년 월드컵 관전기

야구(野球)

투수는 물방아를 돌려라
힘껏 공을 퍼내고
포수는 그것들을 통에 담아라

병 속의 고기를 입이 짧은 여우에게 대접하듯*
투수는 때리기 가장 어려운 공을 주며
타자에게 잘 쳐보라고 권유한다

타자는 여섯 번의 기회로
단 하나의 행운을 잡고자
백년기반을 닦듯 설자리를 고르고 다진다

Three strikes, Four balls
허기로 다급해진 타자는 감각에 따라
칼로 호박을 자르듯 방망이를 휘두른다

초대잔치는 반듯한 네모의 집 구석방에서 벌어지고
밖에는 굶주림에 시달리는
일곱 아이들이 인내심을 가지고 기다린다

속성음식을 대접하듯 파티는 한 번에 끝나지 않는
다
입이 긴 두루미에 잘 차린 음식을 접시에 줌으로—*

2사(死) 후 9회 말(末)까지
구경꾼들의 열기가 한여름 밤을 달군다

* 이솝우화에서

긴 의자

오랜 세월을 두고
간혹 앉았다가는 스쳐 지나갔을
무수의 사람들

낡은 집 정원에
긴 의자 하나 놓여 있다.
누구에 의해 처음 저 자리에 놓였을까?
그들의 젊음과 사랑과 애환
온몸으로 지탱해내고
지금은 막연하게 또 누군가를 기다린다
기다림만이 인종의 세월
이겨낼 수 있다는 듯
조바심 없이
무념하게

나무 밑에 그늘을 차지하고
삶에 지친 오가는 사람들을 불러
앉아도 좋다고 마음을 비워내고 있다

허밍버드*

야생꽃들이 피어 있는 내 창가에
소리를 지르며 날아온다
수정 발을 내리치듯 영롱한
제 체구보다 큰 요령 소리를 내며

큐피드의 눈을 가지고
내 사랑을 정탐하러 오는
작은 나비잠자리
소인국의 천사 헬리콥터

예리한 눈으로 탐색을 하듯
꽃송이들을 보는 척
예사롭지 않게 대상을 응시한다
위장을 하려나 앞가슴도 꽃처럼 붉다

날개를 치며 앞으로도 뒤로도
자유자재, 밀봉만 빨아먹기에
매우 효과적인 입, 아니 몸 전부가
주사기 같은 너는 천사의 전령

＊ 벌새

작은 새

어두운 숲 터전삼아
살아가는 작은 새도
혼자라면 그 외로움
차마 견딜 수 없다
멧새도 가족 있으매
그 두려움 잊는다

어미 새

팔순의 늙은 어미가
바삐 떠나는 주정뱅이 망나니
늦잠 잔 외아들
차창에 밀어 넣어 주고 있다
속 풀이 해장국대신
스타벅스 커피 한 잔

말 안 듣는
다 큰 새끼 둔 어미 새처럼
자식을 둔 세상 어미는
모두 다 고달픈 법
집 떠나 날개짓 배운다고
들고양이 먹이된 새끼

날선 갈고리

절벽을 차고 푸른 하늘
터전삼아 힘차게 솟구치는 독수리
너에게도 가슴이 있느냐?
창공을 지배하는 살생면허 소지자!
부리부터 꼬리까지 날선 갈고리
피를 부르는 서슬 퍼런 낫
날으며 십 리를 뚫어 보는 섬뜩한
광석 같은 눈, 접고 펴는 망토
저승사자처럼 두 날개를 펴고
배회타가 폭격을 하듯 낙하하여
생명들을 날선 낫으로 찍는다
한 번 그러쥐면 미끄러운 물고기조차
실수 없이 낚아채는 사지(四肢)창 발톱
부리부터 꼬리까지 날선 갈고리
예리한 꼬챙이들을 가지고
보석 같은 생명의 눈빛과
타오르는 가슴의 뜨거운 피를 뿌린다

까마귀

까마귀 두 마리가 전깃줄에 앉아 있다
무슨 일일까? 그들은 서로 서먹하게
마치 싸우고 난 부부처럼
거리를 두고 따로따로 앉아 있다
잠시 후 한 마리가 뒤도 보지 않고
홱 날아가 버린다. 나머지 한 마리가
마치 저주라도 하듯 소리 지른다
얼마 후, 그도 어디론지
먼저 새와는 반대 방향으로 날아간다

우리는 그들의 세계를 모른다
무엇을 생각하며 허구헌 날
도시에서 무엇을 먹고 사는시도
사람들은 자신의 입장에 따라
그들을 인식하고 평가한다
그들이 울면 인간사 불길하다고
우리는 그들을 모를 뿐 아니라
때론 아내, 자식들과의 교감도
불가능하다는 걸 느낀다

박쥐

하늘을 높게 날아 세상을 굽어보는 자태
이제 독수리의 위용은 볼 수가 없다
그 대신 밤의 유령들, 밤에 피는 꽃
박쥐가 갈채의 대상이다

그들은 나뭇가지에 매달려
거꾸로, 발을 위로 머리를 아래로 떨어트리고,
수치심도 없이 소란을 떨며,
성기(性器)를 내보이고 자랑스러워한다

그래서 세상의 찬사와 명예와 부가
그들로 향하고 있다

박쥐의 관심은 오로지 세상의 주목뿐
그래서 그들은 새 생명을 낳을 때조차도
생식기로부터 땅으로 떨어트리는 연출을 한다

스캔들을 일으키고, 그를 위하여 무고한
생명들을 죽이거나, 매스컴에 뜨는 일은

무엇이든 닥치는 대로 해댄다

멸종 위기의 독수리들은 외롭고
나무 위에 고고하지만, 박쥐들의 그림자는
날고, 춤추고, 황혼의 세상을 덮는다

청결(淸潔)

누이는 때를 씻어내기 위하여
목욕 땐 자신의 살까지 벗겨내고
빨래를 맑은 물이 나올 때까지
헹구느라 해 지는 줄을 모른다
장난질을 하다 돌아온 먼지 묻은
나는 매정하게 쫓겨나기가 일쑤다

맑은 물이라야 깨끗하다는 건
아마도 누이의 착각인지 모른다
여인의 예쁜 입술에선 질병을
옮길 수 있지만, 옷에 묻은
먼지가 사람을 병들게 하진 않는다
먼지가 아주 없는 우주공간엔
암흑이 지배할 뿐이다

깨끗한 물엔 고기가 살 수 없듯,
우리들 어머니 태(胎) 안의 양수는
맑은 물이 아니다. 입으로
들어가는 건 깨끗하고 몸 밖으로

나오는 건 다 더럽다 한다지만,
이 또한 사고의 오류(誤謬)는 아닐까?

끈

애착의 끈을 매어
기르던 새
돌연 날아가듯
님의
마지막 길도
그리 허전하게
열린다

산(生) 자는
그 뒤에 모여
위령제나 올리고

그 날이 올 때에는

남한강과 북한강이 한 핏줄로 흐를 때
그 안에서 뛰어 노는 송어떼처럼
너는 설악으로 오고 나는 금강으로 가리니
이 아니 즐거우랴 그 날이 올 때에는

계절따라 철새들은 남과 북을 오가건만
그를 보는 우리들은 갇힌 새처럼
대청봉 마루 올라 비로봉 바라보니
눈앞이 흐려지네 가깝고도 먼 조국

철의 장벽 무너져 자유물결 넘치는데
그를 보는 우리들은 그저 부러움으로
백두 천지에 올라 한라까지 바라보니
만년기상 서려 있네 그 날이 올 때에는

* 권길상 작곡 가사

2

허리띠(The Belt)
— 영시와 함께

그믐달

어둠 녘부터
언덕 너머에 숨어
어줍게 기다려요

의붓어미 괄시 생각으로
냉기만 살갗에 스쳐도
눈물이 핑 도는 그믐달

새벽녘까지
산언덕 아래
색주집에 있을 아버지 찾아

마침내 만지면 베일
풀먹인 흰 옷자락으로
빈 들 지나가요

* 1986년 산타크루즈 소재 아메리카 시협회(APA)로부터 우수
신인상, 1987년 1월 9일자 *LA Times*에 게재 소개

The Last Moon

Hiding over the hill
From the dusk
She waits awkwardly.

Because of the memory
Of her step-mother's negligence
Even the touch of the chill air
Makes the last moon's eyes wet.

Looking for her father
Who might be at the seedy bar
Beyond the mountain-side
Till dawn,

At last,
She crosses over the empty field
With her white clothes
starched to cut the skin
if touched.

길 잃은 개들

전쟁 중에 엄마가 죽은 후는
늘 배가 고파 과일, 풀뿌리를 주우려
빈 들로 헤매고 돌아다녔다.

감을 주우려 산으로 큰 아이들을 따라 나섰지만,
과일은 멀리 하늘 높이 별처럼
나무에 매달려 있고, 주인은 그 나무들을 감시했다.
비로소 나는 세상 모든 게
이미 다 주인이 있다는 걸 알았다.

마을에 와서, 미군 병사와 여자 하나가 사람들과
서 있는 것이 보였다. 나는 혹시 사탕과자라도
얻을까 해서 반기며 그리로 내달았다.

The Stray Dogs

After my mother died in the war,
I was always hungry, wandering the open field,
Searching for fruit or grass root.

One day, I followed some big boys to the
mountainside
To pick some persimmons, but the fruit was out of
reach,
As far as the stars in the sky. And the tree owner
might be watching,
I realized that everything already belonged to
someone.

At the village,
I found an American GI and a woman.
Delighted I ran to them,
hoping he might give out some candies.

그들은 과자는커녕 대낮부터 어둡고 잠 잘 빈 방을
찾고 있었다. 손에는 녹색 달러 몇 푼이 쥐어져 있
었다.
"갈보들이 미군과 뻔한 짓을 하는 거야!" 큰 애들이
이런 말을 할 때까지 나는 영문을 몰랐다.

"가라! 애들은 이런 거 보면 못써!"
동네 여자가 발을 구르며 야단치는 바람에
우리는 길 잃은 개들처럼 쫓겨갔다.

집으로 돌아왔다. 목격한 일들을 누나에게 말했다.
그러자 그녀는 못된 계모처럼 아무 이유도 없이
나를 마구 때리기 시작했다.

He gave me nothing, but was looking for a dark room

In the bright day. I saw a few green dollars in his hand.

"That's what all *Galbos* are doing with the GIs."

I didn't know what was going on until the big boys

Talked about it.

"*Garra!* Children are not supposed to see this!" A village woman

Yelled, stamped her foot, and ousted us like the stray dogs.

Back home, I told my sister about it, then she,

Like a bad stepmother, beat me for no reason.

다시 밖으로 나왔지만, 어디 갈 곳도 놀 곳도 없었
다.
아직도 날은 밝은데, 서럽고 배만 고팠다

I was outside again, but no place to go, or to play,
Still hungry and sad in the bright day.

* 미국 샌디에고 주립대 간행 *Poetry International* 2002년 호에
게재

허리띠

나는 비로소 채비가 되었다.
아침에 일어나
허리띠를 다 맸을 때.

비록 그건 하나의 가죽끈에
불과하지만,
태초의 뱀이 아담을 바꾼 것처럼
우리의 삶을 바꾼다.
그는 옷을 찾아 나섰고 허리띠도 매었다.
허리띠는 부끄러움이나 추위로부터
우리를 막아 주고 세상에 대해 떳떳하게 한다.

삼손의 머리카락처럼 힘나게도 한다.
넥타이는 매력적이지만
위험하고, 해고를 앞둔
셀러리맨처럼 우리를 약하고
비겁하게 만든다.

The Belt

When I get up in the morning

And buckle up the belt,

I am ready.

Though it is only a strip of leather,

It changes our lives as the Serpent

Changed Adam. He went

To look for some clothes.

He put on his belt.

It protects us from shame or cold,

And makes us honorable to the world.

It energizcs me like Samson's hair.

The necktie is attractive

But it could be dangerous

And makes us weak and timid

Like a salaried man facing the lay-off.

삼복더위의 서울,
개고기 수요가 한창일 때,
어떤 도둑 개 백정은 보신탕을 위해
나의 개 바둑이를 끌어갔다.
그때 개는 허리띠를 매지 않고 목줄을 매었었다.
아마도 개를 포함한 짐승들이
허리띠를 맬 줄 몰라 사람들에게
지배만 받고 사는지도 모른다.

16세기, 나의 영웅 이순신은
7년간의 일본과의 싸움에서
한 번도 패한 적이 없었다. 그 비결?
그는 거북선을 만들었고, 탁월한 전략을 썼지만,
무엇보다 중요한 건, 그 7년 동안
한 번도 허리띠를 풀은 적이 없었다.

That hot summer in Seoul,

When meat was in high demand,

A thief butcher pounded

My dog, *Baduk*, for a stew.

He was wearing a collar not a belt.

The animals including my dog

Are dominated by human because they

Don't know how to tie the belt.

In the sixteenth century, my hero, admiral *Yi*

Fought the Japanese for seven years

And lost not a battle. How?

He invented the turtle ship, used superior strategy

And first of all, for seven years, never unbuckled

His belt.

* 2003년 미국 로스앤젤레스 제5회 Poetry Window상 수상,
2005년 엔솔로지 *Open Window*에 게재

이혼은 허용되지 않아요

내 나이 여덟 살 때,
내 친구 진수는 도시로 이사 가 버렸고,
그 후 나는 그의 소식을 들은 바 없다.

아이들은 그를 볼 때마다,
"두 애비 자식!"
하고 놀려댔었다.

어느 날 그의 아버지가 이웃마을
장례식에 갔었다. 그런 곳에 가면
하룻밤을 묶고 오는 건 통례였다.

그러나 그날 밤 그는 서둘러
집에 돌아왔고, 도끼를 들고
곧장 그 아내가 있는 방으로 뛰어 들어갔다.
이웃 사람들은 여자가 벗은 몸으로
비명소리를 지르며 어떤 사내와
뒷문으로 도망치는 걸 보았다.

Divorce not Allowed

I was eight when my friend

Jinsu moved to the big city.

I have not heard of him since.

Schoolboys used to make fun of him

Yelling, *"Doo-Abby-Jahsic!"*

Son of two fathers.

Once his father left home

For a funeral service in the neighboring town.

He always stayed over night

When he went to a funeral.

But that night he returned

And ran into his wife's room with an ax.

Neighbors saw his wife screaming,

Running with a man

Through the back door naked.

그후는 고요했다. 아무도 진수네 집에서
무슨 일이 일어나고 있는지 몰랐다.
그는 학교에도 나오질 않았다. 마을 사람들은
그들의 이혼에 대해서 수군댔고, 노인들은
마을에서 이혼은 허용되지 않는다고 고집했다.
"전쟁 후 윤리가 말이 아니야!" 그들은 개탄했다.

며칠 후, 우리는 그들이 이삿짐 꾸리는 걸 보았다.
진수가 나에게로 왔다. 그리고는 자랑스레 떠들었다.
"우리는 큰 도시로 이사 간다!"

After that-quiet. Nobody knew

What was going on in *Jinsu's* house. He didn't

Show up for school. Villagers whispered about

Their divorce, but elders insisted

This was not allowed in the village and bemoaned,

"The morality is terribly down after the war."

A few days later, we saw them packing,

And *Jinsu* came to me, announced proudly,

"We're moving to the big city."

＊『현대시문학』 2005년 여름호

차마 눈을 감을 수 없다
— 할머니를 위하여

나의 할머니가 끝내 눈을 감을 때
그 나이는 91세였다.
자신의 희망을 아주 포기하기까지는
몇수 일이 더 걸렸다. 그녀는 전쟁 때 잃어버린
두 아들을 영영 잊을 수가 없다.
그들을 다시 만나리라는 희망을
살아 생전 한 번도 저버린 적이 없고
아직도 그들의 생사여부라도 알기를 고대했다.
몇십 년이 빠르게 지나갔고, 이제
하늘나라의 부름에 응할 순간이다.
아직도 그녀는 안간힘으로 하늘의 뜻에 버티며
아들 소식이 들리지 않을까 기다린다.
남과 북, 겨우 3천 리, 누가 아는가?
그들 중 누구라도 땅 끝 어디에 살고 있는지.
도대체 누가, 무엇이 서로 만나고자 하는
혈육지간의 염원(念願)을 가로막고 있는가?

She Couldn't Close Her Eyes

She was 91, when my Grandma

Closed her eyes forever.

It took her days to give up her wishes.

She could never forget her sons

Missing since the war.

She might give up

The hope of seeing them again

But still want to know

If they are alive.

The decades had passed, and

It was time for her

To go to *Hanulnarah.*

She was waiting and waiting

Against God's will,

Hoping she should hear about her sons.

Less than 200 miles away,

They might still be alive in the north.

Who and what in the world

Stop people's wishes to visit each other?

할머니는 끝내 눈을 못 감다가
누이가 손에 쥐어준 아들의 사진을 보듬고
마침내 세상을 등지고 말았다.

My Grandma didn't close her eyes

Until my sister let her hold

Her son's pictures in her hand.

* 2004, The international Who's who in poetry

소금에 대하여

상상해 보라! 하얀 무명 도티를 입은
간디를 앞세운 소금에 젖은 사람들의 평화적 행렬을.
그건 물이거나 바위였고, 정부가 발행하는 채권이
었다.
나라 독립 운동인 새티야그라하,
비폭력 행진이었다.

매일 아침마다 나의 할머니는
소금 한 움큼으로 양치질을 한 다음
그 짠물로 눈을 씻었다. 그 탓인지 그녀는
80이 넘도록 안경 없이도 글을 읽었다.
벌레에 물려도 그걸 문지르고, 재수 없는 일이나
나쁜 사람, 병을 몰아낼 때도
그 한 사발을 꺼내다 뿌렸다.

About Salt

Imagine, the peaceful march of the salted people

Led by *Gandhi* in a white cotton *dhoti*.

It was water, rock, fortune

Or the bond issued by the government.

It was also the *Satyagraha*,

The movement for independence.

Every morning my grandma washed her eyes

With salty water and brushed her teeth

With a scoop of it. Thats why she could read

Without glasses when she was eighty-three.

She swallowed a spoonful to cure a sour stomach,

And rubbed it into my skin for a mosquito bite

Or an abrasion. In order to stop the bad person

From coming back like a malady,

She sprayed a bowl of it after he left.

중학교 때 우리의 교장 훈시의 대부분은
부패한 사회의 소금이 되라! 였다.

이렇게 소금이야말로 세상에서 값진 몇 안 되는
성분임을 명심하게 만들었다.
대화에서 유머처럼 음식을 맛나게도 하고,
바닷물까지도 썩지 않도록 한다.

그런데 우리 몸에 들어와선 우리를
쇠처럼 녹슬게도 한다. 종양의 원인을
제공하기도 한다.

아직도 우리는 소금에 대해 너무 많을 걸 모른다.
왜 우리 몸 속에 있는 염분 함량이
바다에 들어 있는 그것과 같다는 건지,
하물며 어느 소금 통에는
"비가 왔다 하면, 억수로 쏟아진다"
라는 구절이 왜 써 있는지 조차도—

In the morning session my principal, *Kyo-jang*,

Always deplored public corruption,

And instructed us to be the salt in society.

I keep in mind that salt is the real stuff of this

world:

It makes the food tasty like humor and keeps

everything

from spoiling-including the sea.

But salt rusts our body like metal. It can cause

Tumorous disease. It still has the secret

I cant uncover:

Why is the salt content of our body

The same as the seas?

Why does the carton of salt say,

 "When it rains, it pours?"

* 『현대시문학』 2005년 여름호

그 소리

가난해서 조용한 방 하나를 얻을 수 없을 때
나는 제대로 잠을 잘 수 없었다
매일 밤 짐승의 신음 같은 소리가
여자의 목줄을 통하여 들려 왔었다

내 옆방을 세 얻은 젊은 부부는
초저녁이면 언쟁을 했으며
밤에는 교합하는 소리, 그리고
새벽까지도 끝없이 속살거렸다

값 싼 여관에서 처음에는 완강하게
"노우"를 연발하며 얼굴까지 담요를 뒤집어쓰던
내 애인은 옆방으로부터 신음소리를 들은 후부터
서서히 내게로 돌아눕더니 단추를 풀기 시작했었다

The Sound

When I was too poor to rent a quiet room,
I couldn't sleep much.
Each night the sound like a animal's moan
Came through a woman's throat.

The young couple who rented the next room
Argued in the evening,
Made the sound of love in the night,
And whispered all through the dawn.

At first my girl friend said No!
And stubbornly covered her face with a blanket.
But after hearing the moan from the next room,
She turned toward me and began to unbutton
slowly
In a cheap motel.

＊『현대시문학』 2005년 여름호

부채춤

우린 지금 뜨겁게 달았으므로
모든 악기를 두들이라.

부채를 가져오라!
태극선을 가져오라!
자매들이여, 함께 춤을 추자.
크거나 작거나 모두 주저 말고 춤을 추자.

우리 다 춤을 추자.
자연스럽게
고래가 헤엄을 치듯—,
비단구렁이가 몸을 틀며 기어가듯—.

돌아라! 커다란 원을 만들자.
그리고는 꽃이 되자, 커다란 무궁화
자매들이여, 꽃잎을 준비하자.

Boochae-choom(Fan Dance)

We are hot now, need more than music!

Play all the instruments you have!

Bring the fans! Bring the *Taeguk* patterned fans!

Join us sisters! Short or tall, it doesn't matter!

Join us all!

We all dance together,

And wave naturally like a swimming whale

Or a crawling python.

Turns, everybody turns! Lets make a big circle!

Let us be a flower, a large hibiscus!

So, sisters! Prepare the petals!

불어라! 바람아 불어라!
꽃잎들이 흔들린다, 멋있게—
우린 지금 뜨겁게
달았으므로.

Blow! We need wind blown

So that each petal trembles. Lets be cool!

We are hot now!

숭늉

완전 소비 개념이지요
밥을 비워낸 솥엔 아직도
한 켜의 약간의 누른 밥이 있거든요.
그냥 마실 물을 붓고 끓이세요.

한 끼 굶기가 보통인 내 어릴 때
춘궁기를 보내며 기다려야 할
보릿고개 철에
이웃으로부터의 그 구수한 냄새가
엄마 젓가슴에서 나는 젓 내처럼
나를 더더욱 배고프게 하였지요.

하지만 지금은 다행이지요
귀찮게 누른 밥을 끓일 필요조차 없어요.
최근엔 한 식품회사가
일회용 숭늉 차를 개발했는데
그 맛도 괜찮드라구요.

Soong-Nyung(Rice Tea)

It's the principle of total consumption:

A cooker emptied of its rice,

Still has a slightly burned layer on its bottom.

Just pour in drinking water and boil.

When I was young, after missing days meals,

During the barley time of *boree-gogae*

When we had to wait for the harvest,

That savory smell from the neighbors

Drove me to hunger

Like the smell from a mothers breasts.

But lucky you.

You dont have to bother boiling burned rice.

Lately a Japanese company has produced

Rice tea in bags,

And the taste is not bad.

이발

이발사가 내 머리를 깎았을 때
나는 다시 패배를 인정해야 했다

왜 내 주위 모두는 내 머리를 깎게 하는 걸까?

어릴 땐 누이가, 10代 땐 학교에서,
그리고 정부까지 나서서,
마치 잔디기계가 풀을 밀어 버리듯
우리 머리를 중머리처럼 깎도록 했다.

일본 식민지 시절 이래 독재자들이
긴 머리를 좋아하지 않았으므로,
그리고 지금은 내 아내조차도
내 머리를 깍지 못해 내 등을 민다.

The Haircut

When I have the barber cut my hair,

Finally, I admit that I'm defeated again.

Why everyone around me pushes me to cut my

hair?

When I was a boy my sister forced

Me to go to the barber, and when I was a teen

The school authority, even the government

Forced us to cut our hair like the monks

The way a lawn mower cuts the lawn in yard.

Because the military dictators

Were not used to the long hair since the Japanese

colony.

And now my wife is always pushing me to cut my

hair.

하지만 나는 머리 깎기를 싫어한다.

Samson처럼 힘을 잃어서가 아니라, 바쁜 삶 중에

이발소에 가서 기다리고 앉아 있기를 원치 않는다.

내 신체의 일부를 잠시라도 남의 수중에 방치해놓고

처분만 바라기도 맘이 내키질 않는다.

이발 후에 군인처럼 부자연스런 모습도 나는 싫다.

머리를 깍지 않으려 저항한 사람이 나뿐만은 아니다.

우리는 일종의 전통이 있다. 우리 조상들은 머리 위에

상투를 얹었다. 그들은 머리카락도 팔다리처럼

부모로부터 물려받은 육체의 일부로 믿었다.

But I don't like to cut my hair, not because I lose

My energy like Samson, but because I don't like to go

To the barbershop to sit as a busy life passes me by,

And to leave my body under the control

Of someone else even in a little while. I hate

The unnatural look similar to a soldier after the

hair cut.

It's not only me to resist cutting the hair.

It's been traditional. My ancestors had *Sahng-tu,*

long hair

Made a lump like a little ball tied on the top of

their heads.

They believed the hair was a part of their body

Inherited like arms & legs.

19세기 말, 일본식민지하의 정부는
모든 남자들의 머리를 자르라는 영(令)을 내렸다.
그래서 모든 남자들은 당국에 저항했다.
"可斷頭,不可斷髮!"*를 외치며.

* 단발령에 항의해서 선비들이 외친 구호―"목을 자를지언정,
  머리칼을 자를 수 없다!"

But again, the government under the Japanese colony

Ordered to cut all men's hair late in the nineteenth century.

So they resisted against the authority, declaring,

"Not getting the haircut, but getting beheaded!"

젓가락

포크가 동물의 발톱이라면 젓가락은 새의 주둥이다.
식사 때 꼭 한 가지 필요한 도구가 있다면
그건 바로 젓가락이다. 두 개의 작은 나무쪽으로 우리는
새 주둥이가 하는 일은 무엇이든 다 할 수 있다.

포크와는 다르게 곡식을 집을 수 있으며,
고깃덩이를 들어올리고, 구멍을 파고,
야채 줄기를 자르고 찢을 수 있다.
지렛대처럼 들어올리고 운반도 한다.

동방에선 가난한 신부가 혼수를 해갈 수
없을 때조차 젓가락만은 허리춤에 넣고 갔었다.

잔 나뭇가지 하나면 만들 수 있으므로,
피크닉에 수저를 잊었다고 걱정할 필요도 없다.

Chopsticks

While the fork works like a claw,
Chopsticks work as a bill:
If you needed only one tool for dining,
Its chopsticks. With little two sticks,
We can do whatever a bill does;

Unlike the fork it picks up grain,
Lifts stew meat, pecks holes
And cuts and splits vegetable stems.
It can also work like a lever and carry.

No wonder in Asia, even when the bride
So poor that she couldn't afford a dowry,
She just stuck the chopsticks in her belt.

Dont worry if you forgot to bring
Your utensils to the picnic.
You can make a pair with a twig.

배우기가 어렵다고?
평생 요긴하게 쓴다면
조금의 시간 투자는
가치가 있지 않을까?

Too hard to learn?

Its worth investing a little time

If you use it

For a life time.

3

청계리, 바래지 않는 기억들

천렵(川獵)하는 날

유리 같은 맑은 물이
은하처럼 유유히 흘러갔다
그 속엔 금쪽, 은쪽, 무지개 같은
피라미, 모래무지, 불거지떼가
마구 뛰어 놀았다 그런 이유로 인지
마을은 청계리(淸溪里)라 불리었다

마을 사람들이 모여서 장고 치고, 북 치며
천렵(川獵)을 하는 날, 나는
심부름이나 도맡아 하는 작은 아이였다
그들은 그런 나를 보고, "저 놈이 자라면
똑똑하기가 의원(議員) 감이여!"

준수 엄마는 고자 남편과 살면서도
아들을 둘씩이나 낳았으며
놀음하다가 노직이가 맞아 죽었다는
끔찍한 사실에도 새 사람들은 몰려왔다

어느 날 미군들이 불도저를 가지고 왔다

자갈을 다 퍼내고 시멘트를 날라다 쌓았다
물은 마르기 시작했고, 물고기들은 자취를 감추었다
임신한 처녀 총각이 야밤에 마을을 떴고
의원을 시켜 준다던 사람들도 하나 둘 사라졌다

그 후 고속도로가 훤칠하게 뚫렸지만
그곳에선 차량들의 검푸른 매연(煤煙)
신음소리만 질펀한 강을 이루었다

그 6월에, 기억나요?

깊은 산 속에서 울리는 총소리를 들었을 때
마을 사람들은 화들짝 놀랐다.

전쟁이 다시 터졌다고 누군가는 말했으나
다른 사람들의 반응은 시큰둥했다.
밝은 대낮에 그럴 리가 없다고.

"하지만 6월에 육이오 기억 안 나요?
전쟁이 터졌을 때,
멀건 대낮에 북쪽에서 들려 오던
천둥소리를, 우리는 보리를 베다가
비 오기 전에 끝낸다고 서두르던 일."

"그때는 천둥소리였지만, 지금 들리는 소린
총소리가 아닌가베. 누가 사냥을 하는 게지."
"사냥은 금지구역인데—."
사람들의 근심 어린 논쟁이 이어졌다.

전쟁이 막 끝난 후라 사람들은 불안했다.

다음날 뉴스 발표에 의하면
경찰이 도주한 무장 간첩 수 명을
산 중 숲 속에서 사살(射殺)했다.

안 믿기는 일들

한국동란 때는
어릴 때의 일이라
보지는 못했지만 이러저리
소문만은 무성했습니다.

도처에서 온 군인들이
우리의 누이들을
강간하고
북에서 온 인민군들은
총알을 아낀다는 구실로
우리의 형들을
산 채로 땅에 묻었다는 둥.

삼촌 오는 날

실종된 종화 삼촌이 돌아온다.
할머니는 집 안팎을 청소하고, 삼촌을 위해
암탉도 한 마리 구해서 매어 놓았다.
나는 계속해서 구축함, 전투기 등을 그려
책상머리 벽에다 붙였다.

마을에는 얼마 전 입대한 젊은이가 있었다.
휴가로 그가 집에 돌아와서 말하기를
종화 아저씨를 전방에서 만났다,
그를 데려오려면 돈이 필요하다는 거였다.

할머니는 아들을 위해 여기저기
없는 돈을 차용해 그에게 주었다.
그녀는 두 아들 모두를 전쟁 중에 잃었다.

젊은이가 돌아간 후 몇 날, 몇 달이 지났다. 그러나
삼촌에 대해 더 이상 아무 소식도 들리지 않았다.
운 좋은 암탉은 아직도 살아 있었고
내가 그린 그림들은 더 붙일 자리가 없었다.

삼촌은 어디 있단 말인가?
그는 다시 없어져 버렸나? 지금
할머니의 머리는 안개꽃같이 덮였고, 그 머리칼처럼
갈갈이 찢어지고 멍든 우리들 가슴은 어쩌란 말인
가?

선량하던 이웃의 아들, 우리는 유독
그 젊은이의 거짓만을 미워해야 하는가?
우리는 이기기 위하여 싸워야 했고,
누구는 이기고, 누가 졌다는 사실은 진실이었나?

기억 남기기

어미에 대한 나의 기억은
내가 다섯 살 되던 해
그녀가 세상을 떠나던
그 한 가지뿐이다
피난 중 어미는 남의 집 문간방에
치명적 병을 안고 누워
마지막 날들을 보내면서
아직도 내가 잊지 못하도록
어리던 나를 학대했다
아랫목에 누워 있던 그녀는
내가 방에만 들면 벌떡 일어나
추운 밖으로 몰아내려고
꾸짖고 때리고 협박했다
쫓겨난 나는 추위에 떨며
문고리에 매달려 울었다
며칠이 지나 다시 입실이 허용되었을 때
놀랍게도 어미는 아무런 반응도 없었다
얼굴엔 이미 생명의 꽃대신
버섯 같은 저승꽃이 피어 있었다

지금도 모른다 떠나는 어미로서
그녀가 나를 구박한 건
정을 떼기 위해서였는지 아니면
자신에 대한 단 한 가지라도
내 기억에 남겨 두기 위해서였는지

보릿고개

봄이 되면 우리는 살아남기 위해
보릿고개라는 험준한 언덕을 넘었다.

5학년 때, 밀린 수업료 800환 때문에 나는 담임 앞으로
불려 나갔다. 이런 게 처음은 아니었으므로 담담했다.
그날은 그녀가 묻는 질문에 아무런 대꾸도 하지 않기로
작정했다. 거짓말을 더 이상 꾸며대기에도 환멸이 났다.
나의 교실 출입은 허용되지 않았고, 몇 마디의 질문 후
돈을 가지러 집으로 돌려보내졌다.
매일 담임은 학생들을 불러 수업료를 언제 가져올지
대답을 요구했다. 어떤 때는 억지로 약속을 강요했고,
심지어는 회초리로 손바닥 종아리 등을 후려쳤다.
학부형인 나의 할머니는 밥상머리에서나 만날 수 있었다.
그 자리에서 벼르던 수업료 이야기를 꺼내곤 하면

할머니는 하던 식사마저 중단하고 슬그머니 밖으로
나가 버린다. 어느새 누이는 내 머리를 쥐어박으며,
"왜 너는 하필 밥상머리에서 돈 이야기를 하니!" 한
다.
나는 안다. 전쟁 후 부모를 잃은 오갈 데 없는 우리는
무슨 말을 해도 들어 줄 사람이 없다는 걸ㅡ.
돌아오는 언덕길 옆 보리밭엔 누렇게 익어 가는
보리가 만삭의 여인이 숨 고르듯 무겁게 흔들렸다.
집에 돌아온 나는 누이에게 선언했다.
"그 따위 학교 다시는 안갈 테야!" 그리고…… 나는
모른다. 이 말이 누이를 왜 돌아 버리게 했는지ㅡ.
누이는 나에게 달려들어 때리며,
"너 학교 안 가면 어디 갈 테야? 구두닦이 하러 갈
래?"
소리치고 광기를 부리기 시작했다.
"당장 학교로 돌아가지 못해!"
나는 집에서조차 구박을 견딜 수 없었다. 어쩌란 말
인가?
어디로 가란 말인가? 돈 때문에 학교에서 쫓겨났고,

집에선 한푼도 주지 않고 돌아가라고 쫓고―.
설움에 북받쳐 울다가 나는 소리쳤다. "누이야!
돈 안 주면 난 정말 학교에 가지 않을 테야!"
싸리문을 걷어차고 나는 뒷산 너머 방죽으로
냅다 뛰기 시작했다. 오도 가도 반길 데도 없는 신세
물에나 풍덩 빠져 엄마나 따라가 버릴 것이다.
하면 보기 싫은 선생도, 누이도 다신 보지 않아도
된다.
죽으면 엄마도 내 편이 되어 줄 것이야.
눈물이 뛰어가는 앞을 가렸고, 밭 두렁 길 양편에서
보리 서걱대는 소리만이 선명하게 들렸다.
소리는 마치, '애야, 어서 뛰어! 우리는 네 편이야!'
라며 격려하는 것 같다. 얼마를 뛰었을 때
큰손에 의해 뒷덜미를 잡힌 나는 집으로
질질 끌려왔다. 이웃 재수 아버지였다.
다음날, 나는 할머니가 어디선가 빌려 온
단돈 200환을 손에 쥐고 잔뜩 부은 얼굴이 되어
학교에 되돌아갔다.

모두들 잘 살게 되어 지금은 보릿고개가
없다는 사실이 도무지 믿어지지 않는다.

허리띠 조이기

"네 동생이 다른 학생의 음식을
훔쳐 먹지 않도록 주의를 줄 것, 알았지?"
담임이 누이를 불러 이렇게 훈고했다.
"특별히 전후라 나도 이해는 간다.
허나 훔친다는 건 어쨌든 나쁜 버릇이야!"

며칠 전, 아이들이 놀러 나간 휴식시간
배가 고파 옆 학생들의 도시락을 열어
한 숟갈씩 마구 퍼 먹은 적이 있다.

누이가 동생을 때리며 같이 울고 있다.
"견딜 수 없이 배고프면, 물을 퍼 마시든지
허리띠를 단단히 졸라 매면 되지, 왜 남 것을
훔치니, 훔치긴—, 이 도둑놈아!"
선생이 누이에게 고자질하리라는 건
정말 몰랐다. 차라리 본인을 불러 때리지.

다음날 배고플 때, 그는 냉수를 퍼 마셨다.
별 소용이 없었다. 허리띠를 단단히 조였다.

그랬더니 믿어지지 않을 만큼
힘이 났고, 배도 고프지 않았다.

입맛

진종일 왁자한 매미소리
끈끈한 세월에 시달린 날은
뒤란 우물가에서 시리도록 목물이나 끼얹고
오동나무 아래 쑥대 꺾어 모깃불을 피웠다.

어느새 멍석자리가 깔리고
양푼 하나 가득 밀가루 반죽과 감자만을
넣고 끓인 풀국 같은 수제비가 나오면
그 국물에다 조미료대신
애꿎은 된장 벌건 고추장만을 풀었다.
식구마다 한 그릇씩 나누고 나면
순식간에 국물은 동이 나고 목물로 식었던
콧등엔 번지르르 땀방울이 다시 배었다.

먹거리 간식거리가 지천인 미국에서
아내를 졸라 감자 넣고 추억의 수제비 끓여
한 입 먹어 볼라치면 옆에 있던 조카애가
"그것이 뭐예요?" 하고 묻는다.
"수제비국 너도 먹어 볼래?"

몇 숟갈 먹어 본 조카아이, "더 줘요, 맛있어요."
"그래 더 먹어라, 삼촌은 햄버거나 콜라는 몰라도
그런 걸 먹고 자라서 지금껏 건강하다."

친구는 이제 밀 것이라면 물렸다고 하더만,
내 입맛은 유행가처럼 추억만을 되씹나?

추억을 밥 짓기

학교에선 점심 때가 되기도 전 늘
밥 냄새를 풍겨 우리를 더욱 배고프게 했다.
도시락을 안 가져온 극빈 아동,
그 급식을 위해 교무실 뒤에선
구제품 양쌀 밥을 가마솥에 지었다.

우리들이 도시락에 넣어온 찬 보리밥은
맛도 향기도 없었다. 친구 정우가 말했다.
"미제라면 똥도 좋다더라. 저 냄새 좋은
양쌀 밥 좀 먹어 봤으면—!"
그건 누가 받아 먹는 건지 친구도 나도
구경 한 번 못 해봤다.

훗날 미국에서 같이 일하는 동료가
"이런 쌀 먹어 봤소?" 하며 한 움큼의
긴 쌀을 가져왔다. 냄새를 맡아 보니
바로 40여 년 전 그 쌀 향기였다.

"시골 사는 친척이 손수 가져온 쌀이요,

시장에 흔한 쌀은 아니고―.”
그 쌀을 가져다 한 끼의 추억을 밥 지었다.
그리고 그 쌀 구경을 다시는 못 했다.

처음낚시

혼자 저수지에 가기에는 겁이 났었다.
물귀신이 사람을 끌어들인다는 소문처럼
재우 아빠가 빠져 죽은 곳도 그곳이었다.

산 너머 방죽엔 고기들이 많다고 했다.
맷맷한 나무를 꺾어 낚싯대도 만들었다.

얼마 후 낚시도구를 메고 어떤 남자가
그리로 가는 걸 보고 난생 처음 나는
낚시질을 하러 가게 되어 기뻐 뛰었다.

미끼로 지렁이를 잡아 방죽에 달려가니
벌써 그는 커다란 잉어 몇 마리를 낚아놓았다.

옆으로 다가가 지렁이를 끼워 힘껏 던졌다.
얼마 지나도 나에겐 아무 기별도 없는데,
계속해서 그는 크고 작은 물고기를 끌어올렸다.

초조해진 나는 조금씩 그의 곁으로 옮아가서

낚시를 던졌다. 마침내 내 낚싯대도 부르르
진동하는 쾌감이 느껴왔다. 헌데 내가 고기를
낚아 올린 곳은 바로 그의 찌가 있는 자리였다.

"애야, 저리 가지 못해! 여긴 내 자리란 말야!"
내가 두 번째를 끌어올리자 그가 벌컥 소리쳤다.
유독 그 자리에서만 고기가 물리는 이유를
내가 알아낸 건—, 세월이 훨씬 지난 뒤였다.

전날 밤, 그는 속임수를 쓰기 위해 그 자리에
깻묵덩이를 넣어 물고기들을 유인했던 것이다.

운동회 날

하늘엔 만국기가 펄럭여서 좋았다.
잘 익은 햇 사과나 마른 오징어를
통채로 차지할 수 있어서 좋았다.
공부하러 교실에 가지 않아서 좋았다. 예쁜 아줌마
못생긴 친구의 누나도 볼 수 있어서 좋았다.

근데 100미터 달리기는 왜 모두 해야 하나?
운동회 때만 되면 뛸 일이 태산 넘기다.

일등 월계관으로 두터운 공책이라도
받는 아이는 좋겠지. 꼴찌를 제물로 해야
더 빛날 테지. 여름내 말라리아를 앓느라
약해빠진 나는 꼴찌로 뛰기도 억울한데
열등감으로 아이들에게 주눅들고
누나에게도 얼굴 못 들고.

졸업을 앞두고 마지막 운동회 땐,
이변이 하나 생겨날 뻔했다.
딱총 소리가 들리고, 뜀박질이 시작되었는데,

돌연 문어발처럼 다리들이 뒤엉켜
달리던 아이들이 모두 넘어져 버렸다.
꼴찌로 뛰던 나는 갑자기 앞이 훤해지며
내 세상이 되는가 싶었다. 그런데―,
(보고 있던 누나는 얼마나 가슴이 뛰었을까)
골인하기 바로 전
사냥감을 쫓는 개들처럼 발 빠른 애들이
어느새 털고 일어나 달려와
다시 나를 훌쩍 따라잡아
1 2 3……4등조차도 모조리 앗아가 버렸다.

활동 사진

줄은 커다란 뱀처럼 길게 늘어났지만
거기에 나는 끼일 수가 없었다.
애들은 줄을 서고 담임 손숙자 선생은
그들을 도와서 질서를 잡고 있었다.

학교에서 단체로 관람키로 한
영화를 보려면 100환을 가져 와야 한다.
제때에 수업료 내기도 힘이 부친 나는
영화 정도 보지 않아도 괜찮다.
스스로 위로하고, 가기 전 선생께 뛰어가서,
"안녕히 계세요!" 하며 머리 숙여 인사했다.

"잠깐!" 담임은 내 손을 꼭 잡고 줄을 실피더니
끌고 가서 빈틈에다 나를 세웠다.
덕분에 생전 처음 외국 활동사진이란 걸 보았다.
언젠가 담임은 교장한테 내 집 사정을 말해
수업료를 면제시켜 준 적도 있었다.

열기는 오랫동안 교실에서 가시지 않았다.

전쟁 영화였고, 아이들은 손바닥을 움직여
전투기를 흉내내며 이야기에 열을 올렸다.
졸업 후에도 나는 영화와 담임을 잊을 수 없었다.

얼마 후, 고등학생이 되어 고향에 갔을 때,
선생이 첫 아이를 낳다가 죽었다는 소식을
들었다. 나는 한참을 멍청히 서 있었다.
그리곤 죄 없는 여 선생이 죽은 일에 대해,
어처구니없는 삶의 불공평에 대해, 신(神)을
원망하기 시작했다.

예배당

사람들은 아랫마을 큰집을 예배당이라 불렀다.
젊은애들을 향해선 연애당이라고도 했다.
남여 애들이 만나는 데는 그곳밖엔 없었다.

내 친구 인규는 허구헌 날 그곳에서 사귄
여학생과 가진 데이트에 관하여 이야기했다.

나는 질투심으로 무척 괴로워했다. 그때엔
그 얘기가 너무 순수하고 달콤하게 들려서
그런 진실한 사랑은 그곳이 아니면 절대
불가능하게만 느껴졌다.

당장이라도 나는 교회에 다니고 싶었다.
그곳에선 호감 가는 선물들로 우리를
유혹했다. 특히 크리스마스 같은 때에
아이들은 장난감이나 처음 보는 사탕 과자
교회에서 나눠 준 선물들을 자랑했다.

12월이 가까워지면 애들은 특히 열심이었다.

"예배당엘 그런 식으로 다니면
하나님을 믿는 게 아니라 놀리는 게야!"
어른들은 이렇게 비아냥거렸다.

예수는 이렇게 나에게 접근하기 시작했다.
그러나 그때 나는 결국 교회에 나가지는 않았다.
어른들 말처럼, 신(神)을 조롱하지 않고
변함없이 믿음을 지킬 수 있을지 영 자신이 없었다.

크리스마스 캐롤

기다림과 기대감의 풍선처럼 잔뜩 부풀었던 아이들
은
기약도 없이 거리로 쏟아져 나왔다.
크리스마스 캐롤이 울리는 밤은
거룩하고 고요한 밤과는 거리가 멀었다.

있는 집 아이들은 플랜을 짜고 파트너를 구해
일찌감치 교외로 숨어들었다.
가난한 애들도 방에 처박혀 있진 않았다.
추운 날씨도 아랑곳 않고 거리로 나가
불로 밝힌 요사스런 거리구경을 하고
나팔을 요란히 불고 그런 미쳐 버린 물결 속에
강물 섞이듯 끼어들기만 하면 되었다.

길에 나가 한참을 쏘다니다가
지나가는 밤이 아쉬워, 뭔가 다급하게 느끼던
나와 친구 정우는 또래의 여자애들을
목표로 정하고 따라다니기 시작했다. 그들도
방황하는 가난한 계집애들이 분명하건만

좀처럼 말문을, 마음을 열려고 하지는 않았다.

물색 없이 새벽녘까지 따라다니다가 그들이
새처럼 보금자리로 뛰어 들어간 걸 확인한 후,
실없는 강아지 몰골로 뿔뿔이 헤어졌다.

집으로 돌아와선 진종일 구들방에 누워
해지는 줄 모르고 잠의 허기를 채웠다.

군화발 소리

막연한 기대로 대학은 마쳤어도
직업을 얻기란 길가에서
금을 줍기보다 힘들었다.
입사시험 면접에서
떨어졌다는 통보를 받은 날 나는
한 칸짜리 사글세방에서 뒹굴며
심한 절망감에 시달렸다.
나를 필요로 하는 세상은
이렇게도 아니었나?
이 마련 저 궁리로 분주히
생각을 굴리자니
잠조차 오지 않았다. 그때 돌연
개 짖는 소리가
마을의 고요를 깨기 시작했다.
이어 군화발 소리가
저벅, 저벅, 저벅—, 저벅—
점차 나에게로 가까이 들려왔다.
잠시 후 집 대문을
두드리는 소리가 들렸지만

나는 죽은 듯 자리에만 누워 있었다.
옆방에서 누군가가
나가는 소리가 들렸고,
군화발 소리가 다시 멀리 사라져 갔다.
곧 내 방 문틈으로
종이 한 장이 밀려 들어왔다.
붉은 글씨로 크게
쓰여 있는 내용은
나 같은 쓰레기조차도
필요로 하는 신 새벽
긴급소집 예비군 통보였다.

고난의 축복, 또는 억압받는 자의 귀환

김수이
(문학평론가, 경희대 교양학부 교수)

이성열은 1946년 경기도 출생으로, 1976년에 미국으로 이민했다. 1986년 산타크루즈 소재 'APA'로부터 우수 신인상을 받았고, 1994년에 〈미주중앙일보〉 신춘문예에 당선되었다. 2003년에는 영시 *The Belt*로 LA Arroyo 재단이 수여한 '진열장의 시' 상을 받았으며, 첫 시집으로 『바람은 하늘나무』를 상자한 바 있다.

시인 이성열의 약력을 간단히 소개하며 그의 두 번째 시집의 해설을 시작하는 이유는 다음의 두 가지이다. 첫째 이성열은 미국에서 활동하는 시인인 까닭에 한국문단에는 잘 알려져 있지 않은 사정을 감안해서이며, 둘째는 그가 미국의 한인문단뿐 아니라 미국문단에서도 인정받고 있는 시인이라는 점을 시사하기 위해서다. 이 중 두 번째 항목은 다시 이런 의미를 내

포하고 있다. 즉 이성열은 한국어와 영어로 동시에 창작이 가능하며 두 언어에서 모두 주목할 만한 시적 성취를 이룬 시인이라는 점, 또한 이성열은 모국어인 한국어의 절대적 지배력 하에 영어를 학습하며 두 가지 언어로 시를 쓰는 거의 마지막 세대의 시인이라는 점. 달리 말하면, 이중언어 사용자(bilingual)들이 모두 두 가지 언어로 시를 쓸 수 있는 것은 아니며, 일반적으로 복수의 정체성을 갖는다는 점에서도 이성열의 예는 각별한 측면이 있다. 자신의 특수한 입장과 정황을 반증하듯, 이성열은 이 시집의 2부를 자신이 쓴 영시와 그 한국어본에 할애한다. 이성열이 어떤 언어로 먼저 썼는지는 정확히 알 수 없지만, 영어의 형식과 한국인이 내면이 어우러진 이 시들은 이성열의 구심점과 시작(詩作) 반경을 충분히 가늠하게 한다.

　이성열이 도미 30년 만에 펴내는 이번 시집은 제목부터 한국인의 자의식을 강하게 표출한다. '하얀'과 '텃세'라는 어휘가 모두 미국의 백인중심사회를 염두에 두는 것임은 능히 짐작되는 바이다. 30년을 살았음에도 이성열은 미국은 자신에게 영원한 타국이며, 자신은 뼛속까지 한국인일 수밖에 없음을 다양한 체험과 사유를 통해 역설(力說)한다. 3부로 구성된 이 시집의 체제는 이성열이 지니고 있는 사유와 내면의 구조를 그대로 반영한다. 그 구체적 내용을 요약하면 이러하다. 1부 〈내·이름 석자〉는 미국의 이민생활의 구체적 실상과 그 속에서 얻은 신산한 감흥들을 생생하게 묘사하며, 2부 〈허리띠(The Belt)〉는 영시로 창작된 특성상 영어권 독자들을 대상으로 한국인의 삶과 역사를 시인 자신의 경험을 바탕으로 진솔하게 형상화한다. 3부 〈청계리(淸溪里), 바래지 않는 기억들〉은 유년시절과 성장기에 한국에서 경험했던 일들에 대한 회상을 애틋하게 서술한다. 단적으로 말해, 이성열은 이 시집 한 권에 자신의 지나온 삶과 시의 궤적을 최대한 요약하고 농축하고자 한다. 현재 미국에 거주하고 있는 그가 시집의 출간지를 한국으로 결정한 것도 이런 이유에서라고 할 수 있다. 이 시집은 이성열 개인의 서사이자, 그처럼 한국전쟁과 전후의 혼란을 겪고 각고 끝에 먼 나라로 삶의 터전을 옮긴 한민족의 이민서사의 하나로 손색이 없다. 바꾸어 말하면, 이성열은 상상이 도달할 수 없는 경험의 영역이 있다는 것을 시를 통해 증명하고 있는 것이다.

모든 이민자가 처음에, 또한 계속해서 부딪치는 문제는 언어(의사소통)의 문제일 것이다. "언어는 존재의 집"이라는 하이데거의 말을 굳이 인용하지 않더라도, 언어가 인간의 사고와 감정과 심지어 무의식까지 지배한다는 것은 잘 알려져 있는 사실이다. 이런 이유로 새로운 언어 앞에서는 할아버지와 아이의 위계도 쉽게 역전될 수 있다. 인간은 유년기에 내면에 각인된 언어로 평생을 살아가기 때문이다. 이성열이 미

국에서 경험한 가장 절실한 존재론적 고민도 이 부분
에 있다.

> 삶이 노련해질수록 서툰 건 외국말
> 사람능력의 한계를 입증케 한다
> 키우며 가르치던 손자가 어느 날 말문이 트여
> 혀가 어눌한 할아비를 가르치려 든다
>
> 티브이를 보지만 늘상 그들이
> 허리를 제키고 웃는 그 명확한 뜻은 모른다
> 한 평생 쌓은 실력 다 동원해서
> 대화의 뜻을 잡다가도 한 마디 낱말을 놓치고 나면
> 맥이 딱 끊기고
> 쌓던 바벨탑이 무너지고 마는 불가해(不可解)
>
> ──「외국어」 부분

　이 시에는 이성열의 수십 년의 이민생활의 실상과
허구가 고스란히 집약되어 있다. 영어로 능란하게 시
를 쓰는 이성열에게도 본토박이 미국인들이 "허리를
제키고 웃는 그 명확한 뜻"은 근접할 수 없는 '불가해
(不可解)'의 영역이다. "한 평생 쌓은 실력 다 동원해"
도 "한 마디 낱말을 놓치고 나면" 와르르 무너지는
'영어의 바벨탑' 아래서 이성열은 "혀가 어눌한" 이방
인으로 살아갈 수밖에 없다. 그런데 이 치유 불능의

어눌함은 이성열로 하여금 시인이 되게 하고, 그가 먼 이국에서도 한국어로 시를 쓰게 만드는 역설적인 힘이 된다. "이곳에서/말하고, 듣고, 읽고, 쓰고 할 때도/아쉬운 대로 곁들일 수 있는, 뭐, 김치 같은 건 없나?"(「뭐, 김치, 그런 건 없나?」)라고 이성열이 혼자 말할 때, 그에게 자신도 모르게 '김치'의 역할을 해온 것은 바로 한국어였으며, 한국어로 쓴 시였던 것이다.

이민자의 '혀를 어눌하게' 만드는 것은 수시로 무너져 내리는 '외국어의 바벨탑'만은 아니다. 인디언을 제외하면 모두 이민자인 미국인들의 왜곡된 차별 의식도 '나'의 정체성에 근본적인 위협을 가하는 요소이다.

"값 깎으려면 당신 나라로 가서나 깎아!"
파머스 마켓에서 과일을 집고 우수리 좀 깎으려니
배불때기 중년의 백인 남자가 무뚝뚝하게 내뱉는다.
"당신도 그럼 당신 나라로 돌아가!"
"여기가 내 나라야! 나는 여기서 태어났어!"
"나도 여기가 내 나라야! 나도… 세―, 세금을 내니
까……

가만, 아마도 당신은 여기서 태어났을지 모르지.
하지만 당신 아버지, 또는 할아버지는
나처럼 어디선가 이리로 왔을 것 아니야?"

―「하얀 텃세」 부분

외국에서 사는 한국인들이 확고한 민족의식을 갖게 되는 이유는 이러한 배타적인 경험의 반복을 통해서라고 할 수 있다. "값 깎으려면 당신 나라로 가서나 깎아!"라는 건방진 호령이 미국인의 기득권과 우월감을 단적으로 노출한다면(이성열이 지적한 것처럼, 이는 대부분의 미국인들이 이민자거나 이민자의 후손이라는 점에서 부당하고 아이러니컬하다), "나도 여기가 내 나라야! 나도… 세―, 세금을 내니까……"라는 '나'의 어눌한 말은 텃세에 휘둘리는 이민자의 서글픈 처지를 보여준다. 이성열이 '하얀 텃세'라고 이름붙인, 동양인을 향한 미국인들의 시선은 대타의식을 넘어 이처럼 노골적인 적대의식까지를 포함하고 있다. 물론, 모든 미국인들이 이민자들에게 공격적이고 무례한 태도를 취하는 것은 아닐 것이다. 시「가슴 속에 남은 친절」에 그려져 있듯이, 길에 '버려진 서가 하나'를 혼자 힘들게 운반하고 있는 '나'를 기꺼이 도와주는 "깊은 사려와 친절함"을 지닌 '흑인 처자'도 있다. 그러나 이성열을 비롯한 미주 한인들이 직면해 있는 상황은 「하얀 텃세」에 그려진 것에 보다 가까운 것이 현실이라고 할 수 있다.

이성열은 이처럼 냉혹한 현실의 반대편에서 여행과 풍경, 자연물을 제재로 한 서정적인 시들을 쓴다. 록키산맥, 하와이의 하나우나 베이, 부라이스 캐년, 그랜드 캐년, 뉴포트 비치 등의 아름다운 자연의 장소들과 부겐빌리아, 파피(Poppy), 양란(Orchid) 등의 꽃, 허밍버드, 독수리, 까마귀, 박쥐 등의 새들이 다양하게 등장하는 이 시들은 각기 한 폭의 풍경화를 연상하게 한다. 이 시들은 자연의 아름다움과 오묘함을 예찬하는 한편으로, 이성열 자신의 내적 고뇌와 더불어 전쟁, 환경오염 등의 현대문명의 현안에 대한 관심을 다양하게 형상화한다.

내가 등대고 오수를 즐기는
이 땅은 누구의 터전일까?

살아도 언제나 서먹한 세월
살수록 여전히 낯선 풍경인데

부챗살 같은 종려나무잎 사이로 신(神)은
언제나처럼 하오의 축복을 가득히 나른다
―「아메리카 서정」 부분

모든 살아 있는 것들은 제 맡은 몫을
부족함 없이 해내고 있다 세계는 이렇게
아주 정상적으로 시간을 돌리고 있다
이런 축복의 세상에 그 누가 번뜩이는
총칼을 들이밀고 신성하게
넘치는 평화의 잔을 뒤엎고

푸른 하늘을 검게 물들이려 하는가?

—「뉴포트 비치」 부분

여기 저기 감염되는 땅의 종양, 쓰레기 하치장
더러운 건 생명의 배설물이 아니다. 모두는

아쉬움을 모르는 불감증 환자, 흔하고 넘쳐 보물도
배고픔도 모르는, 그래서 채울 수 없는 갈증

—「또 하나의 갈증」 부분

문학의 오랜 명제를 잠시 환기하면, 문학의 자율성은 문학과 사회현실의 단절을 의미하지 않는다. 시인을 주체로 하여 말하자면, 시인은 자유롭고 독자적인 사적 개인인 동시에 사회현실에 대한 윤리적 책무를 지닌 공적 개인이다. 시인에게 이 두 가지 존재 조건은 동전의 양면처럼 분리될 수 없으며, 분리되어서도 안 된다. 이성열은 이 점에 대한 근원적인 인식을 바탕으로 시를 쓴다. 이를테면 그는 '아메리카'의 멋진 자연 속을 여행하면서, "살아도 언제나 서먹한 세월/살수록 여전히 낯선 풍경" 앞에 절망하면서도, "부챗살 같은 종려나무잎 사이로 신(神)은/언제나처럼 하오의 축복을 가득히 나르"는 충만감을 향유한다. 하지만 이성열은 이러한 낭만적 충일감을, "이런 축복의 세상에 그 누가 번뜩이는/총칼을 들이밀고 신성하게/

넘치는 평화의 잔을 뒤엎고/푸른 하늘을 검게 물들이
려 하는가?"라는 현실적 문제의식으로 진지하게 전환
할 줄 안다. 그가 자연과 타자를 착취하며 물질적 욕
망을 채우기에 급급한 현대인을 "아쉬움을 모르는 불
감증 환자"라고 비판하는 것도 같은 맥락에 있다.

  이성열의 날카로운 현실인식은 자신의 현재를 성찰
하고 과거를 기억하는 일에 있어서도 유감없이 발휘
된다. 생각해 보면, 이성열의 삶은 한국전쟁 전후의
피폐한 현실 및 미주한인들의 소수자(minority)로서의
현실과 분리될 수 없는 것이었기에, 이는 자연스러운
귀결인 면도 있다. 이를 형상화한 시들은 각 편들이
마치 하나의 단편소설처럼 강렬한 이야기성을 담고
있다. 예를 들어, 전쟁 중에 배고파 헤매다 미군의 오
입을 목격한 일을 말했다가 누나에게 매를 맞은 일
(「길 잃은 개들」), '내'가 다섯 살 때 치명적인 병을 얻은
엄마가 죽기 전까지 어린 '나'를 모질게 학대한 일(「기
억 남기기」), 실종된 종화삼촌이 전방에 있다는 말에
돈을 건네주었으나 삼촌은 돌아오시 않고 온 식구가
비탄에 잠긴 일(「삼촌 오는 날」), 초등학교 5학년 때 밀
린 수업료 팔백 환 때문에 학교에서 쫓겨나 돈을 달라
고 조르다 할머니의 가슴을 아프게 한 일(「보릿고개」),
전쟁 때 두 아들을 잃은 할머니가 끝내 만남의 소망을
이루지 못하고 91세에 돌아가신 일(「할머니의 죽음」) 등
은 우리 모두의 지나온 삶과 사건의 한 장면으로서 절

실한 감동과 울림을 남긴다.

그 가운데 이성열의 시정신을 압축하면서 그의 시 세계 전체의 구심점이 되는 시는 다음의 두 편이라고 할 수 있다. 흔히 한국인들은 배고픔을 참거나 굳센 결의를 할 때 '허리띠를 졸라맨다'는 표현을 쓴다. 이 한국적 비유를 발전시킨 이성열의 '허리띠의 시학'은 그의 현재와 과거, 미국에서의 삶과 한국에서의 삶, 그의 영어와 한국어가 어떻게 하나로 연결되어 있는 지를 명료하게 보여준다.

나는 비로소 채비가 되었다.
아침에 일어나
허리띠를 다 맸을 때.

비록 그건 하나의 가죽끈에
불과하지만,
태초의 뱀이 아담을 바꾼 것처럼
우리의 삶을 바꾼다.
그는 옷을 찾아 나섰고 허리띠도 매었다.
허리띠는 부끄러움이나 추위로부터
우리를 막아주고 세상에 대해 떳떳하게 한다.

—「허리띠」 부분

누이가 동생을 때리며 같이 울고 있다.

"견딜 수 없이 배고프면, 물을 퍼 마시든지
허리띠를 단단히 졸라매면 되지, 왜 남 것을
훔치니, 훔치긴—, 이 도둑놈아!"
선생이 누이에게 고자질하리라는 건
정말 몰랐다. 차라리 본인을 불러 때리지.

다음날 배고플 때, 그는 냉수를 퍼 마셨다.
별 소용이 없었다. 허리띠를 단단히 조였다.
그랬더니 믿어지지 않을 만큼
힘이 났고, 배도 고프지 않았다.

—「허리띠 조이기」 부분

이성열에 의하면, 우리는 "아침에 일어나/허리띠를
다 맸을 때" "비로소 채비가 되었다"고 할 수 있다. 그
'채비'란, 세상으로 나가 "부끄러움이나 추위로부터"
스스로를 막아내고 "세상에 대해 떳떳하게" 살아갈
자세를 갖춘 것을 말한다. 이 윤리적이며 강인한 자세
를 이성열은 어린 시절 누이로부터 배웠다. 학교에서
배가 너무 고파 친구의 도시락을 훔쳐 먹은 일을 "선
생이 누이에게 고자질"했기 때문이었다. 누이는 그를
때리고 같이 울면서, "견딜 수 없이 배고프면 물을 퍼
마시든지/허리띠를 단단히 졸라매"라고 말한다. 이성
열은 냉수를 퍼마시는 건 별 소용이 없었지만, 허리띠
를 단단히 조여 매니 "믿어지지 않을 만큼 힘이 났고,

배도 고프지 않았다"고 술회한다. 이 '힘'과 '허기 가심'이 순전히 심리적이며 의지적인 영역에 속한 것임은 새삼 말할 것이 없다. 이성열과 미국에 자신의 삶의 뿌리를 이식한 한인들이 갖은 고난을 극복하고 마침내 성공할 수 있었던 것도 이 '허리띠'의 정신과 자세 덕분일 것이다.

이성열은 "하나의 가죽끈에 불과"한 '허리띠'를 가난과 현실의 부정성을 돌파하는 가열찬 정신의 미학으로 승화하는 데 성공하고 있다. 음악성보다는 산문성을, 유려(流麗)한 기교보다는 유현(幽玄)한 정신성을 추구하는 이성열의 시는 이 지점에서 자신만의 독자적인 미학을 구축하기에 이른다. 이 '허리띠의 미학'은 그의 의지적인 삶의 자세와 끊임없는 내면의 단련을 통해서 획득된 것이라는 점에서 더욱 소중하다고 할 수 있다.

한 가지 개념을 빌어 이 글을 맺기로 한다. '억압받은 자의 귀환'은 프로이드가 심리학적으로 처음 사용하고 마르쿠제가 역사적으로 발전시킨 개념이다. 프로이드의 부정적 뉘앙스와는 달리, 마르쿠제는 이 말을 역사와 개인의 진정한 가치의 복원의 의미로 썼다. 마르쿠제적 의미에서 '억압받은 자의 귀환'은 오늘날 해외한인문학을 이야기할 때도 유용하게 적용될 수 있는 개념이다. 이민 30년 만에 고국에서 시집을 내는 이성열의 '시적 귀환'도 이 범주에 속해 있다. 이성

172

열의 시적 귀환이 이후 수많은 해외한인문인들의 문
학적 귀환의 훌륭한 견인차 역할을 할 수 있기를, 고
국을 떠나본 적 없는 자의 일종의 부채의식과 함께 진
심으로 기원한다.

후기

　첫 시집 『바람은 하늘나무』를 펴낸 지 꼭 10년 만에 제2시집을 펴내게 되었다. 마음 같아서는 독자도 없는 시집을 뭣 하러 또 내는가 하는 망설임도 없지 않다. 그러나 얼마 전 만난 어떤 분이 우연찮게 내 시집을 다 읽고 감동되어 기꺼이 애독자가 되었다는 말에, 이런 독자 하나를 위해서라도 그 동안 써둔 시들을 하나로 묶어야겠다는 당위를 가지게 되었고, 더구나 독자가 많지 않으니 숨은 독자를 찾기 위해서라도 상품다운 상품(?)을 내놓아야 한다는 구실도 찾게 되었다.

　생각컨데 이제까지 내가 써온 시들은 어떤 모습의 시들인가? 이번 2집에 실린 시들이 70여 편이 되지만 그 중에서도 많은 시들이 부족한 점이 많다는 걸 느낀다. 그래도 굳이 여기에 싣는 이유는 못난 자식도 자식인 것처럼 애착을 떨쳐 버리지 못하기 때문일 것이다.

　특히 내 시에 부족한 점은 음률을 통한 음악성이 약하다는 점이다. 시가 운문이라는 걸 감안한다면 유명하신 영랑의 시처럼 음악성이 탁월한 시를 썼으면 하고 바랄 때가 많다.

　굳이 변명을 하자면 그 대신 내 시에는 이야기가 있다. 재주도 많지 않은데다 더구나 시를 쓰면서 소설까지 써보겠다고 대들다 보니 소설처럼 시를 쓰는 버릇이 생긴 것도 같다.

운문인 시에 이야기가 있다는 것이 장점이 된다고 말할 수는 없을지 모르나, 하나의 특징은 될 수 있을 것이다. 이야기를 통해서 이미지를 만나고, 감동을 주며, 새로운 아이디어나 깨달음을 구체화 할 수 있다면, 이 또한 문학 예술인 시의 목적을 달성하는 하나의 방편이 되질 않겠는가?

시를 쓰다보면 시란 무엇인가를 자주 생각하게 된다.

시란 노래인가? 영혼의 울림인가? 아니면 은유, 또는 경험인가? 개인의 울부짖음, 하소연인가? 그것도 아니면 살아가는 동안 그냥 생각하고 끼적대는 기록의 파편들인가?

아마도 이 모두이며 그 이상도 될 것이다. 그러기에 시는 고대로부터 인간이 거부할 수 없는 우리들 삶의 일부가 되어오고 있는 것이다.

이 시집 1부에 실린 시들은 이민을 주제로 쓴 시들이 많다. 정처 없이 이국 땅에 와서 살면서 경험한 일들, 이방지대를 돌아다니며 보고 느낀 생각들, 이런 시들이 태반을 차지한다. 제 2부에서는 그 동안 영시를 배우고 써서 이곳 미국 잡지 등에 발표, 수상한 작품들을 그 번역과 함께 모아 싣게 되었다. 이 분야에 관심 있는 독자들의 지도를 바랄 뿐이다. 그리고 제 3부에선 6·25 전쟁으로 부모를 잃고 어렵사리 성장하면서 뼈저리게 경험했던 어릴 때의 추억담들이다. 이 추억의 편린들은 내

기억에서 좀처럼 사라지지 않는 내 삶의 귀중한 흔적들
이 아닐 수 없다.
　끝으로 이 시집이 나올 수 있도록 격려와 지원을 아끼
지 않는 경희대학교 교수 김종회 박사, 서평을 써주신
김수이 교수께 깊은 사의를 전하는 바이다.

2006년 미국 LA에서
저자 이성열